地平线

诗歌名家星座

苏历铭 著

陕西新华出版
太白文艺出版社·西安

图书在版编目（CIP）数据

地平线 / 苏历铭著. -- 西安：太白文艺出版社，2021.8（2023.6重印）

（当代诗歌名家星座 / 李少君主编）

ISBN 978-7-5513-1971-3

Ⅰ.①地… Ⅱ.①苏… Ⅲ.①诗集－中国－当代 Ⅳ.①I227

中国版本图书馆CIP数据核字(2021)第144864号

地平线
DIPINGXIAN

作　　者	苏历铭
责任编辑	靳　嫦
封面设计	郑江迪
版式设计	新纪元文化传播
出版发行	太白文艺出版社
经　　销	新华书店
印　　刷	三河市同力彩印有限公司
开　　本	889mm×1194mm　1/32
字　　数	182千字
印　　张	11.5
版　　次	2021年8月第1版
印　　次	2023年6月第2次印刷
书　　号	ISBN 978-7-5513-1971-3
定　　价	55.00元

版权所有　翻印必究
如有印装质量问题，可寄出版社印制部调换
联系电话：029-81206800
出版社地址：西安市曲江新区登高路1388号（邮编：710061）
营销中心电话：029-87277748　029-87217872

《当代诗歌名家星座》序言

冯友兰先生在《国立西南联合大学纪念碑碑文》中说："我国家以世界之古国，居东亚之天府，本应绍汉唐之遗烈，作并世之先进，将来建国完成，必于世界历史居独特之地位。盖并世列强，虽新而不古；希腊罗马，有古而无今。惟我国家，亘古亘今，亦新亦旧，斯所谓'周虽旧邦，其命维新'者也！"

创新，一直是中国文化的使命。创新，也是中国文化的天命。中国自古以来是"诗国"，汉赋唐诗宋词元曲，艺术的创新总是与时俱进的。百年新诗，就是创新的成果。没有创新，就没有新诗。

"创造性转化，创新性发展"，我的理解就是创新与建构是相辅相成的。创新和建构并不矛盾，创新要转化为建设性力量，并保持可持续性，就需要建构。建构，包含着对传统的尊重和吸收，而不是彻底否定和破坏颠覆。创新，有助于建构，使之具有稳定性。而只有以建构为目的的创新，才不是破坏性的，才是真正具有积极力量的，可以转化为新的时代的能量和动力。

众所周知,诗歌总是从个体出发的,但个体最终要与群体共振,才能被群体感知。诗歌是时代精神的象征,真正投身于时代的诗人,其个体的主体性和民族国家的主体性、人类理想和精神的主体性,就会合而为一,就会成为时代精神的代言人。伟大的诗歌,一定是古今融合、新旧融合、中西融合的集合体。杜甫就曾创造了这样的典范。

杜甫是一个有天地境界的人。在个人陷于困境时,在逃难流亡时,杜甫总能推己及人,联想到普天之下那些比自己更加困苦的人们。在杜甫著名的一首诗《茅屋为秋风所破歌》里,杜甫写到自己陋室的茅草被秋风吹走,又逢风云变化,大雨淋漓,床头屋漏,长夜沾湿,一夜凄风苦雨无法入眠。但诗人没有自怨自艾,而是由自己的境遇,联想到天下千千万万的百姓也处于流离失所的境地。诗人抱着牺牲自我成全天下人的理想呼唤"安得广厦千万间,大庇天下寒士俱欢颜,风雨不动安如山","何时眼前突兀见此屋,吾庐独破受冻死亦足!"。这是何等伟大的胸襟!何等伟大的情怀!杜甫也因此被誉为"诗圣"。

"文章合为时而著,歌诗合为事而作。"杜甫无疑是中国诗歌历史的高峰。每一代诗歌有每一代诗歌之风格,每一代诗人有每一代诗人之使命，如何在诗歌史上添砖加瓦、锦上添花，创造新的美学意义和典范，是百年新诗的责任，也是我们当代诗人义不容辞的责任。

由太白文艺出版社策划、出版的这套《当代诗歌名家星座》，注重所收录诗人的文本质量和影响力，着力打造引领当代诗歌潮流的风向标。这套丛书收入了汤养宗、梁平、陈先发、阎安、谢克强、苏历铭、李云等人的作品，他们早已是当代诗坛耳熟能详的诗歌名家，堪称当代诗坛的中坚力量。他们或已形成成熟的个人诗歌风格，或正处于个人创作的巅峰期，他们身上所展现出来的创作活力，正是当代诗歌的活力。相信这套丛书能够帮助广大读者多角度、多层次地深入当代诗歌创作一线，领略瑰丽多姿的诗歌美学。

新的时代，诗歌这一古老而又瑰丽多姿的艺术门类，需要紧扣时代发展的脉搏，深入生活扎根人民，不断挖掘时代发展浪潮中的闪光点，为广大人民群众提供更加丰饶的精神食粮，推动实现从"高原"到"高峰"的突破，书写中华民族波澜壮阔的全新史诗。这套丛书收录的八位诗人，无论是他们的创新能力，还是创造能力，都已在长期的写作过程中得到证明。他们心怀悲悯，以艺术家独有的观察力、整合力，萃取日常生活中富有诗意的一面，呈现出气象万千的时代特征。

风云变幻，大潮涌起，正可乘风破浪。新的时代，中国正处于历史的上升期，这也将是文化和诗歌的上升期，让我们期待和向往，并为之努力，为之有所创造！

李少君

目 录

2000 年至 2005 年

北京：千禧之雪 /003

落叶 /005

爱丁堡的冷雨 /007

飞越英吉利海峡 /008

尼斯之夜 /010

正午的阳光
——听乃学讲述儿子施为出生时的感动 /012

黑暗之中的蝙蝠 /014

佳木斯的情人 /016

茂名南路的画廊 /018

在五角场转车 /020

御书楼 /022

朝外大街 /023

陆家嘴绿地的落雨 /025

在希尔顿酒店大堂里喝茶 /027

黄陂南路往南 /029

陌生的钥匙 /031

带着流浪的麻雀回家 /033

醉鬼　/034

晚秋　/036

泰山之巅　/037

断念　/038

清明节　/039

故乡　/040

地下车库　/042

对岸　/043

废船　/044

开阔地　/045

珠穆朗玛峰　/046

2006 年至 2010 年

金融街　/051

深南大道　/053

立春后　/055

天暗下来之后　/057

元宵节　/059

栖霞路　/061

五里河体育场　/063

尚义街印象　/064

胆结石　/065

失眠的时间　/067

现在　/069

小穆来北京了　/071

民国时代　/073

坝上草原　/076

三联书店　/078

感恩节的黄昏　/080

窃贼　/082

右肋的琴声　/084

空　/086

火车的旅行　/087

醒客咖啡　/089

卡萨布兰卡　/090

城子岭　/092

兰亭的流觞　/094

西单路口　/096

大望路　/098

赤壁　/100

六渡桥　/102

祖父　/104

陆家嘴绿地　/107

青春　/109

西塘　/111

午夜我踢到街上的石头　/113

长途客车 /115

茗都茶馆 /117

秋天的飞行 /119

乡间巴士 /120

龙岩闹市 /122

培田村 /124

看雪之前 /126

候鸟南飞 /127

又见西湖 /129

雪中 /130

黑猫酒吧 /131

喜鹊 /133

冬至 /134

北风 /136

早春二月
　　——再读 Norman Rockwell 画册 /137

植树节 /143

远大路上 /145

白玉兰花 /147

圆罐剧场 /149

小房子 /151

铜纽扣 /153

旋转门 /154

末班地铁 /155

2011年至2015年

永定土楼 /159

兰花指 /160

虚幻的扇面 /161

伴山咖啡 /162

白墙 /163

吊脚楼上 /164

龙脊梯田 /165

削土豆皮 /166

秋天的蚊子 /167

华山路上 /168

印度洋的蓝 /169

惠福早茶 /170

峡谷之底 /171

三乡广场 /173

钉子 /175

沈阳北站 /176

白色的烟 /178

上午的声音 /180

净月栈道 /181

古鹤村 /182

屋脊上的光 /183

银杏村 /184

鸭绒被 /185

嘉峪关往西 /186

除夕前夜 /188

在乌兰察布草原 /190

罗湖的上午 /192

在地下通道里躲雨 /194

2016年至2020年

最后的春天 /199

东坡树下 /201

三影塔下 /203

文科楼 /205

洞庭北路 /208

屈子祠前 /209

生日快乐 /211

在徐家汇公园 /213

南屏西口 /215

镜中 /217

午夜 /219

烟花 /221

格桑花开 /223

冷风 /225

老屋咖啡 /227

天际 /229

空中 /231

荆岳大桥 /233

青山 /235

暴雨 /237

七舍门前 /239

麦地 /241

笨狗 /243

道奇体育场 /245

科罗拉多峡谷 /247

梦幻酒店 /248

白衣少女 /250

斜穿中央公园 /252

老街地铁站 /254

伦敦桥 /256

万有引力定律 /258

圣诞快乐 /260

英式下午茶 /261

再见 /263

长椅上 /266

晨曦 /268

北风吹 /270

黄鹤楼下 /272

遇见 /274

龙头戏台 /276

萩市海岸 /278

松下村塾 /280

城岛高原 /282

中元节 /284

早餐时间 /286

海边午睡 /287

稻佐山上 /289

多年以后 /291

香山脚下 /293

在潭柘寺 /295

座间味岛 /297

春分 /299

辰山茶园 /300

手机通信录 /302

南风古灶 /305

平砂食堂 /307

图书馆前 /309

寅次郎 /311

江之岛车站 /313

青冈晚市 /315

南半球 /317

在珀斯铸币厂 /319

尖峰石阵 /321

罗特尼斯岛 /323

邦迪海滩 /325

蓝花楹开 /327

小土狗妮蔻 /329

前官地村 /331

岳麓山下 /333

此时此刻 /335

地平线 /337

白纸 /339

追风少年 /341

在桂林洋海边 /343

新生的祝福
　　——给外孙女瑶瑶 /345

昆明漫步 /347

季子祠 /349

德音咖啡馆 /351

2000年至2005年

北京：千禧之雪

雪落在故宫的时候，天空已经透出耀眼的阳光

有人在跺脚取暖

枯枝上落着寂寞的乌鸦

昨夜我在灯下读书

那书是关于赤道附近非洲的狮子

它们的长啸响彻在无眠的夜里

雪的飘落，我竟毫无知觉

就像童年时代祖母的仙逝

醒来时，窗外早已一片银白

雪是天空凝固的泪水

行走其上，咯吱咯吱的响声

分明在伤害谁的躯体

而我无法躲避

在别人踩过的黑色足迹中

摸索自己的方向

千禧之雪静悄悄地覆盖了北京

跌倒又重新站起的少年

不会顾忌满身的雪片，依旧向前奔走

而我不同，总在谨慎地寻找落脚的位置
并把衣饰上的雪片抖落

阳光依旧照亮前方
却无法消融积雪，无法让我贴近大地
烦乱与躁动的冬季里
没有谁会屏住呼吸
倾听雪的晶莹的声音

朝阳公园的湖面不再有游船的倒影
酒吧里震耳的摇滚乐
冲不破铅厚的云层
雪落满翡翠玻璃
霜花满布
今夜的星光恐不能消减冬日的寒意

世纪的钟声永远不是由春天响起的
雪是序幕，太阳正向北回归线靠近
在向我们的心灵靠近
正像毫无知觉的落雪，新生的枝叶
也会悄悄地绿遍北京

2000 年 12 月 24 日　北京

落叶

有些落叶已经腐烂,你必须在其上覆盖泥土

曾经鲜嫩欲滴的叶子
被你珍藏于心底的叶子
在四季的轮回里
褪色,且无法留存最初的形状和叶脉

改变或许与我们都无关系
叶子的翠绿与飘落
正是循着自己的道路

疾风已在深秋时节荡涤着落败的平原
静坐在记忆的窗前,体会叶子
落在心里的声音
整整一个上午,这生命的阳光最耀眼的时候
你采撷了多少叶子
足够让它们不停地落下

或许每片叶子在你的心里都留下伤痛
其中浸透着殷红的血
是自己生命的叶子

不构成秋景

却永远不会腐烂

2001年4月　上海

爱丁堡的冷雨

经过无名庄园时,雨的冰冷
让草地上的兔子变成一动不动的石头

透过窗帘看见老者静坐在客厅的中央
咖啡的香气充溢整个房间
笨狗趴在他的身边
不停地舔着潮湿的爪子

四月的冷雨落在苏格兰的大地上
偶尔出行的汽车
打开耀眼的雾灯
轮胎在碎石路上溅出一地雨水

我听见有人在喊
环顾四周
不见任何人影
废弃的城堡监狱里
怕是飘荡着千古的冤魂

2001年4月 英国爱丁堡

飞越英吉利海峡

苏格兰的阴雨,落败的庄园
以及基金经理肥胖的肚子
在汉莎航空公司的客机起飞之后
被我丢在冷色的海水里

工业革命的灯盏,残油渗在铁锈之间
即便在喧闹的酒吧里
巨大的阴郁依然无法倾情释放
红黑方格裙裾,阻挡不住北部的寒风
冻红手指的流浪者
在汽车的尾气里,咀嚼文明的碎片

窗帘背后,有人坐在老式沙发里
目不转睛地看着电视中的新闻
一辆疾驰而过的红色车辆
在碎石路上像中世纪的骑士
亮起刺眼的远光灯
在大英博物馆的墙壁上留下硕大的窟窿

饮着咖啡,我猜想伦敦证券交易所的绅士

正驱车赶往酒会

一路上不断地打着哈欠

　　　　　　2001年4月　英国爱丁堡—法国巴黎的飞机上

尼斯之夜

摩纳哥的游艇在海岸旁整齐地排列
每一艘都是白色的,如陆地的牙齿
咀嚼海浪的腥味

我们在夜色里出没于尼斯安静的街道
港口里的泊船的灯光倒映水中
偶遇无家可归的浪子
一直尾随我们的身后
在人声鼎沸的酒吧街上散开

欢乐是没有障碍的
啤酒碰溅的泡沫熏醉温暖的天空
在尼斯,漫无目的地闲逛
让我产生幻觉:留在法国南部
在寂静的小街里购置向海的窗户
每天散淡生活
邂逅转瞬即逝的爱情

几个迷路的德国女孩向我的同伴问路
她们应该明白我们从东方而来
我们迷失得更远

地平线

迷失也是一种幸福

而明天经由法兰克福返回遥远的北京

在时差的转换中

停止的是浪漫主义的终结

心底冲动的终结

2001年5月　法国尼斯

正午的阳光

——听乃学讲述儿子施为出生时的感动

当白云散落于天际,大地顷刻落满耀眼的阳光

清脆且响亮的哭声
穿透都市斑驳的楼群
响彻在你执意前行的父亲的耳畔

仿佛一切都已静止,只有你红润的嘴唇微微张开
发出尖亮的声响
孩子,面对新生的世界你要急于说话吗?
看着你全然不知的无畏
我们都会屏住呼吸

你是阳光!在我们正午的时刻
在我们疲惫不堪的时候
你叫喊着追赶我们的踪迹
孩子,别急,别再不停地蹬你的小脚丫
我们会将阴影留在我们的前面
留给身后的是明亮的阳光
那是你的世界,那是我们奔波的梦想

地平线

安静地睡在温暖的怀抱里

所有混乱、纷杂和卑鄙的事情与你毫不相干

你如阳光般自由地飞翔

山川和平原,在你透明的翅膀下面

变成无数的童话

多么羡慕你呀,真想像你一样幼小

重新慢慢长大

你的父辈们将一个个地倒下

我们的背脊会变成伸向远方的道路

孩子,你要走在其上

正如我们走在祖先的灵魂之上

我们终将化为泥土,心安理得的是

有人依然执着于生命的希望

2001年7月2日深夜

黑暗之中的蝙蝠

在低垂的窗帘后面我尽力地辨清黑夜中的一切

电视里依旧播放着令我好奇的阿拉伯电影
英俊的少年开始亲吻美国少女
湿润的嘴唇彼此贴近
那里的天啊，瓦蓝色的，一尘不染
就像泼洒在心灵中的碧水

而此时的东方却是深夜
起夜的声音偶尔响于隔壁的卧室
那是一位贵妇，曾见她手牵两只小狗
悠闲地在水边漫步
眼睛透出风情，现已淹没于
酒醉的梦里

我是一只蝙蝠，翅膀没有荧光
低空飞翔
能看清所有失眠的钟摆

敲碎时间的头颅
人们躺在黑夜里

忽略黑纱缠绕着都市的街道

巨大的花环即将在东方升起

早起的人叫它旭日

一群上学的稚童高喊：看啊，看啊

天上有一片曙光

黑夜之中，我坦然飞翔

鬼一样地出游

不让任何人遭遇惊吓

即便光亮刺伤了眼睛

在漆黑的角落，收拢翅膀

缩成一块小小的石头

2001年8月　上海

佳木斯的情人

我从未把故乡当成母亲
宁愿把故乡当成至死不渝的情人
在远行的困倦里
空旷的平原，平原上的麦浪，麦浪上的一望无际
时常搅动我的思绪

远在千里，只要想念瞬间燃烧
我会辗转上路
每次都在夜色里潜回故乡的街道
抚摸空气里特有的体温
那是一种满足
幽会的眼睛里饱含羞涩

我对每一个在佳木斯悠闲生活的人充满嫉妒
有人在我的情人的肌肤上
任意烙着伤痕
而我总是轻轻地，像是风
吹拂在微湿的泥土上

情人的意义总让我背弃生活着的城市
梦里总会出现油坊胡同静寂的中午

地平线

中午澄透的阳光,阳光下的蜻蜓

我伸出手指

让那蜻蜓来落,然后随着它的飞舞

让自己消失于风雪中

消失于泪水里

2002年2月18日深夜　黑龙江佳木斯

茂名南路的画廊

落雨时,我在窗外的屋檐下
躲避春天的追杀
温暖的花朵盛开在积水的路面上
像我的泪水落在谁的眼睛里
发出脆弱的叫喊

背后的画廊里陈列着关于莱茵河灯火的油画
在雨中让我神往
我曾在科隆大教堂的下面
遇见骑单车的少女
虽然只是一闪而过
心念着绝美的笑容

店员漫不经心地翻看着画册
我紧靠墙壁,不想引起他的注意
想在一场突然的夏雨里
复活心底的美好

画廊里的灯光在雨中愈加明亮
雨水在玻璃窗上阻隔奔波者温暖的回想

地平线

而疾驰远去的出租车

溅起满地的积水

2002 年 6 月 20 日　上海

在五角场转车

复旦大学的正门,不再有旧日朋友等我
往来穿梭的人群里,偶尔能够听到久远的尖叫

沿街寻找茶舍,想在漫无目的之中,静坐一个下午
喝下午茶,喝武夷山的铁观音
清透的感觉,远比英国茶洗涤肺腑

其实这里已空无朋友,当年熟悉的名字都在街道的变迁里
销声匿迹,抑或坐在体面的办公室里
独自修饰胡须
整理账目,支出和应收账款,足以让人鬓角花白

在没有地铁的年代,五角场是这里的转盘
打乱指针,有谁像我这样,无备而来
怀念或者发现,不知不觉地伤感时间的错位

我只是在五角场转车,怎么就又来复旦
莫名的诱惑,淡菊的盛开
让人最终迷失去向

地平线

交通信号灯的明灭,已与我的下午无关
现在是生命最拥挤的时候
在陌生的地点想象任何奇遇
情不自禁,会让我笑出声来

2002年9月　上海

御书楼

逝者如斯,橘子洲头的黄鸭叫的香气
迷惑着远行者的胃口

我在俗界,御书楼木质楼梯的陡立
只能仰视先祖的思想

秋雨冰冷,漫步于庭院之中的游客
欣赏迟开的晚菊
辨认墙壁上斑驳的碑文

智者在暗室里清点生命的底片
在无法更改的细节里
替古人哭泣
泪水由天空落下
淅淅沥沥,落在石板上
滑倒了参拜的老翁

一个年轻的女学生躲在亭子里避雨
撕着呆板的教科书,折叠纸鹤
不停地向外投掷

2002年11月 湖南岳麓书院

朝外大街

推土机在东岳庙对面拆迁的废墟上撕裂土地
尘埃的飘落,商贩们沙哑的吆喝
污染着都市的肺叶
地铁在朝阳门的肠胃里穿梭
寻找跳动的心脏

康恩大巴永远是匆匆驶过的行者
里面暖气开放,却不见熟悉的身影
他们不再是平民,蜕变的新贵,在纤手的轻挽下
纷坐于酒店的大堂,或者豪华的包间
推杯换盏,切割着财富的软肋

菜单上精致逼真的图片
在人声鼎沸的应酬里已让人没有食欲
地下通道里,浪迹四季的歌手
正怀抱吉他,不停地吟唱着忧郁的老歌
他散落的长发变成飞天的乐谱
无法打动行人失聪的耳朵

朝外大街,在冬季的寒风中瑟瑟发抖

专卖店里昂贵的皮鞋

莫名其妙地穿在我的脚上

穿着它,每天我走在朝外大街上

迷失在朝外大街上

2002年12月5日　北京

陆家嘴绿地的落雨

黄浦江上的轮渡在冬雨的冰冷里
瑟瑟发抖,混浊的波涛中
民工们正背着被褥蜂拥上船

陆家嘴中心绿地上
拍摄婚照的恋人们四散躲雨
敞篷的老爷车,孤零零地被雨淋湿
它是时代的道具,发动机锈蚀成一块废铁
但它久远的格调
足以让做梦的女人们着迷

上海证券交易所里,红马甲的手指正敲击键盘
财富已是数字游戏
波动曲线会让我可爱的父辈们看花眼睛
他们走在生命长廊的另一端
一生的积蓄,除了满头花白、驼背和病痛
就是领取微薄退休金时的叹息

雨下着,坐在我对面的肥硕老板接完电话后神色不定
他抱歉地说:失礼,我得先告辞
徐家汇那边一个新钓上来的靓妞喊我

她的男友明天就要回来
我不动声色，不停地玩弄雨伞上的饰物

在巨大的窗子前
我看见他终于冒雨冲出，拉开车门的瞬间
上海多了一只落汤鸡
我的脚下又多了一只老鼠

2003 年 4 月　上海

在希尔顿酒店大堂里喝茶

塌陷于沙发里,在温暖的灯光照耀下
等候约我的人坐在对面

谁约我的已不重要,商道上的规矩就是倾听
若无其事,不经意时出手,然后在既定的旅途上结伴而行
短暂的感动,分别时不要成为仇人

不认识的人就像落叶
纷飞于你的左右,却不会进入你的心底
记忆的抽屉里装满美好的名字
现在,有谁是我肝胆相照的兄弟?

三流钢琴师的黑白键盘
演奏着怀旧老歌,让我蓦然想起激情年代里那些久远的面孔
邂逅少年时代暗恋的人
没有任何心动的感觉,甚至没有寒暄
这个时代,爱情变得简单
山盟海誓丧失亘古的魅力,床笫之后的分手
恐怕无人独自伤感

每次离开时,我总要去趟卫生间

一晚上的茶水在纯白的马桶里旋转下落
然后冲水,在水声里我穿越酒店的大堂
把与我无关的事情,重新关在金碧辉煌的盒子里

2003 年 5 月　上海

黄陂南路往南

我和新天地酒吧里的食客一样
由黄陂南路往南,在细品慢饮中体会风雅的文化

其实这个文化离我遥远,尤其是彼此的附庸
一个时辰细饮一杯咖啡
让我想念清淡的绿茶
新贵们讨论着股票升跌的各种可能
小布尔乔亚依偎在侧,眼睛四下张望
不时地梳理被风吹乱的秀发

在城市文明的夜晚,我的灵魂是蜡烛的火焰
摇晃、跳动和逃窜
面具是出行的手杖
在别人的眼中我是温文尔雅的君子
但我想做一个杀手
把矫揉造作的装饰一个个地清掉

我的对手是一群寄居在这种文化里的螃蟹
生活让我必须要去面对
必须坐在他们中间,欣赏他们的横行态度
看着他们在回暖的季节里慢慢变红

与时代精英的漫谈里,我经常分神,经常想到

童年的一个伙伴

每晚他都在夜市上贩卖钟表,辛苦

却两手空空

2003年9月 上海

陌生的钥匙

领取碧云路新居的钥匙时,物业公司的经理微笑着说
今夜你可以睡在自己的家里

我没有任何知觉,像在酒店前台办理入住手续
然后手持房卡寻找自己的房间
钥匙的冰冷在初春时节并无特别的暖意

我的家就是我的祖母,在一个遥远的早晨
心肌梗死的发作,她把家迁进了坟墓
从此我背井离乡
长春的同志街,北京的定慧寺,日本的神通川
一直到上海的碧云路
所有居所只是或长或短的客栈
就像香烟,最后总要捻灭
银白色的烟灰散尽在生命的风中

祖母一去就不曾回来,而我却在人世间不断地迁徙
虚幻的荣誉,耀眼的资产,还有突如其来的爱情
让回家的路变得相当漫长
我必须走,最后祖母温暖的手将抚摸我的额头
一切都会化为泥土,泥土终被风干

抖落尘埃，太阳正回归所出之地
我无法停止移动的钟摆

推开窗子，春天的冷冽迎面而来
取出朋友送我的江南黄酒
在热水中温烫，然后畅饮，痛快地大醉
次日醒来，新居的钥匙竟不知去向

2003年9月　上海

带着流浪的麻雀回家

落雨的时候我躲在立教大学的围墙外
在空落的大街上看天色渐渐地变暗

盛夏的潮湿使袜子发霉,它裹着脚
道路在脚下变质

没人注意我,没人理会雨中的异乡人
没人问及我的下一个驿站

几只麻雀躲在长椅下觅食
在黄昏的东京池袋,它们更像散落的石子

我期待风停在树叶上
举目无亲的漂泊里,不想再看泪水湿透叶脉

欲海横流的街上,信用卡似乎能买走一切
有谁能看见流浪的麻雀?

我突然想带那几只麻雀回家
弱小无助的麻雀,落草为生的麻雀,却在瞬间飞走

2004年6月　日本东京

醉鬼

进入电车之后，醉鬼把手攥成拳头
狠击车窗上的玻璃

真想听见玻璃的粉碎声，在颠覆的车厢里
碎片四溅，任意飞行

礼节的社会里，人们变得胆小如鼠
花朵修剪得近似于伪造
藏在自己的卧室里
还不敢把衣服脱光
一遍遍地查看窗帘的缝隙

醉鬼却目中无人地飞翔，踢打，乱叫
在人们闪开的空间里
忘我地宣泄

有人鄙夷地背过身去，那是文明的举动
而我近乎崇拜地盯着他
在二十一世纪的现代电车里，在疾驰的速度中
回荡着他无所畏惧的大笑

无法做到！回到住处，我要把鞋脱下
提在手里，蹑手蹑脚
生怕木质楼梯的响声，吵醒别人的耳朵

那晚我欣喜若狂
邂逅醉鬼，像是见到了久违的英雄

2004年6月　日本东京

晚秋

窗台上的红色花朵,一夜之间凋谢
且没有落下

季节的晚秋是叶子飘落的声音
窗子的晚秋是霜花满布的斑驳

晚秋里,拥挤的路上汽车打着白色的哈欠
你能看见,忽略了整个夏天的野花
在草地上格外耀眼

晚秋的寺院,钟声震响,乌鸦已懒得飞起
晚秋的河水,涟漪骤起,是因为顽童无意踢落石子

我的晚秋里,不再怀念过去的绽放与盛开
沉淀的墨汁已经灌满笔芯
我开始写信,一封封地写,寄出时天空会飘落雪花

2004 年 10 月　北京

泰山之巅

二十年的时间里,我已多次登上泰山
每次都在玉皇顶上远望

二十年前,似乎能看见大海
甚至感受到潮水拍岸的巨响
二十年后,只能看见平原上的雾霭
大海不再出现于天边

二十年前,徒步攀登
石阶上镌刻脚印
二十年后,缆车载着我轻松飞翔
而我没有长出翅膀

当年我激动地张开双臂,高声呼喊
回声穿行于山峦之间,被我久久地听见
现在竟没有察觉已经抵达泰山之巅
蓦然我泪流满面

2005 年 4 月 18 日　山东泰安

断念

铁钉的断念是因为折断于墙壁之中
沙土的埋没,潮气的侵蚀
坚硬的脊骨爬满铁锈

我的断念是因为错觉,微不足道的伤痛
一点点的血
淤积在伤疤的中央
完全可以忽略,却被我不间断地夸张

死在自己的枷锁里
清醒之后,酒杯已经落在桌子的下面
碎片扎入行走的脚掌

2005 年 4 月　上海

清明节

死者墓前，祭品的摆放
是生者唯一的对话

每年的今天，祖母都在遥远的地方等我
而我却是经常在几千里之外
面对她的方向，与她说话

他界的寂寞，祖母怕是早已失语
否则我会听见她的声音
死是何等残酷
没有任何余地，掰开紧扣的手指
有人无奈先行
有人只好留下

命丧胎中的生灵又会藏身何处呢？
夜空中的星星？飘散的尘埃？
谁会告诉我所有死亡的秘密？
摊开手掌，任由雨滴飘落
释放掌心中淤积的悲凉

2005年4月　北京

故 乡

盛夏的天空
阴云笼罩在平原的上空
童年的瑰丽星光浸泡于冷雨之中
雨滴溅落窗上
整夜发出清脆的响声

在借寄的居所里
母亲熟睡于故乡的梦里
害怕那张破椅子的怪声把母亲吵醒
我一动不动
看着壁虎躲进墙缝
蚊子在屋顶变成黑点

当年的树苗已经长大成林
旧居被铲车推平
藏在烟囱下的信封了无踪影
油坊胡同的消失让我总想放声大哭
一起忘记回家的儿时伙伴
有人已埋入泥土

这座城市只剩下熟悉的名字

地平线

街道和楼房，与别的城市基本雷同
商家的促销手段，饭店的空运海鲜
以及破旧出租车粗野穿行的噪声
时时把我淹没

在故乡的日子里我闭门不出
冷雨不停地浇灭记忆的火焰
今夜就想离开
其实我的故乡
就是我的母亲，把母亲带走
就是把故乡带走

2005年7月29日　黑龙江佳木斯

地下车库

刺耳的刹车声,在进入漆黑的车库时
像是扎入心脏的钢针

轮胎挤压着地面,像是乳房紧贴着床板
车门的关闭声里,高潮退去,我能隐约听见鼾声
寂静无人的街上
野狗无意踢飞铁罐,撞击墙壁的回声
使我双腿发软

离开地下车库时,看车人守着旧式电视
正在筛选频道里的垃圾
只是瞟了我一眼,像是调走一闪而过的频道
他永远没有表情,眼角的皱纹
折叠着既往的时间

车的前盖散发着机械的余热
温暖不了行者的寒夜
当我走到地面,回头望去
他正拉着我的车门
看我是否忘记上锁

2005年8月1日　黑龙江佳木斯

对岸

我厌恶桥梁,是因为它的另一端
触及了对岸
甚至痛恨渡船
是因为它抵达了对岸

对岸应该永留遐想之中
但我们总在跨越宽阔的江面
留在对岸,一棵树让人产生联想
走近之后,有人会去寻找斧子

一旦到达
对岸的肌肤上将刻满伤痕
而我们清楚对岸之后
又开始摧残更远的地方

2005 年 8 月 2 日　黑龙江佳木斯

废船

船坞的角落,几条落满铁锈的废船
在死水的沉寂里,起伏

航行早已结束,死者没有遗嘱
在最后一次的货物卸载里
有人在甲板上遗落自己的纽扣,金属的
黄昏里,折射着唯一的光亮

废弃是一种结局,废弃的命运
就像必须扼杀的爱情
刻骨铭心,却要站在另处,背过身去
然后策马远行

对于废船,我感慨钢铁的坚强
不曾变形
驰骋于大江之上的轮船
现在却落满蜻蜓

2005 年 8 月 2 日　黑龙江佳木斯

开阔地

我喜欢开阔地，不喜欢栅栏
不喜欢金属和砖石

金属的栅栏，锋利，冷光刺伤过我的眼睛
砖石的栅栏，坚硬，窒息中渗透绝望

我喜欢自由，不喜欢阻隔
喜欢穿过每一条街道，从不面对死巷

树木的错落不会阻拦我的行走
躲闪，是为看清有谁迎面而来

开阔地是泥土的本色，其上的所有装饰
包括我，会在时间的磨砺中化为粉末，飘散

2005年8月2日　黑龙江佳木斯

珠穆朗玛峰

珠穆朗玛峰的耻辱,是被人插上征服的旗帜

在我们的星球上,没有哪一座山峰像你那样
被人窥视
稀薄的氧气,高寒的低温,以及轰塌的雪崩
并不是你的屏障
攀登者的营地已在你的胸口
扎入生锈的铁钉

深海的鱼类躲避不了贪婪的捕杀
餐桌上的食谱总在诱惑我们的胃口
没有空白的土地上
欲望号飞船在探索的旗号下
正飞往冥王星
浩瀚的宇宙里,留下人类的印迹

即便高耸入云,雪白的肌肤上
也要留下攀登者的脚印
沉默是你唯一的权利
在漠视平凡的年代里

珠穆朗玛峰的悲哀,是每年都能
诞生英雄

2005年11月　北京

2006年
至
2010年

金融街

在北京,没有比这里更难停车的地方
地下停车场已经关闭入口
我只好沿街寻找车位
期待一辆车突然离去而留下的空位

我把车速放缓,缓到近乎停下
一排排停泊的车辆
顽症一样地钉在这根骨头上
没有谁轻易松口
焦躁的手真想按响喇叭

这是一根最美味的骨头
必须要长出锋利的牙齿
才能吮吸到时代的骨髓
我来得并不算晚
但更早的人已经占据所有的位置
车位之间的白线明确提示我
停在之外就是违章

我怨恨自己为什么要来这个地方

骨头的香气诱惑众多的鼻翼

在金融街等候车位的时间里

我看见不断驶来的车辆

沿街散布尾气

眼前晃动着一只只流浪狗

垂头丧气,却

伸出鲜红的舌头

2006 年 10 月　北京

深南大道

深南大道究竟多长,对我而言,似乎没有意义
我只站在华强地铁站附近的一小块地方

从寒冷的北方来,我突然对深南大道上盛开的花朵
产生强烈的怀疑,甚至对丢在室内的棉衣
有着某种依恋

在陌生的大街上寻找熟悉的记忆
没有人突然停下脚步,匆忙之间的邂逅
在我的面前不会上演
那些人都走向远方,杳无音信
只有过街天桥上的乞丐不断地向我张望

深南大道究竟通向哪里,对今夜而言,似乎并不重要
在黑暗来临的时候,我的内心开始燃烧
但我的脚步无法穿越整条大街

我是城市里迷走的盲人,从一个城市到另一个城市
每一条街道似曾相识
却不能全部记住。多想自己能仗剑走天涯
站着的瞬间,觉得自己已长成街边的一棵植物

深南大道究竟能否安静下来,对现在而言,似乎已无必要
因为我的世界已是一片空白

      2006年12月19日　广东深圳

立春后

立春后我要去南方的乡下
在村庄与村庄之间的农田里，撒落油菜花的种子
等待它们金色地开放
最好是起伏的坡地
它们可以一直延绵到天上

立春后我要去北方的乡下
在封冻的河流上，凿下一个个冰眼
等待河床的解冻
最好远方没有山峦
看冰在水中消融，看水流向天边

立春后我要脱去厚厚的毛衣
亲手洗去其间的灰尘
把它珍藏在衣柜的深处
我还要在阳台上留下最后的谷穗
在大地生长出植物之前
让流浪的鸟儿能够幸福地栖落

立春后我要回到自己的内心
倾听脉动的声音，生命的声音

我要学会做一个静物

守候于天地之间,而其中的万物

又和我没有关联

2007年2月4日　辽宁沈阳

天暗下来之后

从我的窗口望去,浑河大桥的灯光是那么昏黄
雨滴飘落,这让穿着毛衣的我,感慨春天来了
而树枝并未泛绿,冷气似乎突破玻璃,浸透我的全身

站在窗前,我一直在想,今夜为什么如此寂静?
三好街的店铺打烊人散
喷墨打印机的广告牌射灯关闭
黯淡的表情已经无法辨清

朋友们远在别处,他们是否会想到沈阳的饭馆里
经常有我出入,一碟炒菜和一碗米饭
是每晚的伴侣,然后我在酒店大堂的沙发上
读报,看看沈阳的新闻和各地的天气

身在异乡,怀念是我睡前的必修课程
在记忆里填空,我就像刚入学堂的学生
把铅笔含在嘴里
每次都住在不同的楼层
每次都从不同方向眺望城市的夜空
每次都想象自己是一只飞鸟,最后在棉被里睡成一只灰熊

现在我在酒店的最高处

俯瞰使我眩晕，烟灰缸里的烟蒂让我头痛

我喜欢地面上的自由，喜欢踩到泥土

即便只是一张废弃的纸片

我可以迎风飘舞

2007 年 3 月 2 日　辽宁沈阳

元宵节

暴风雪降临的时候,我在睡觉
暴风雪肆虐的时候,我无奈地改签回北京的机票

间隔半个世纪的暴风雪袭击沈阳
满城的雪沙在狂风中抽打大厦的墙壁
抛锚的车辆瘫痪在街道上
行人扶墙而走
暖冬的春意陡然寒冷刺骨
撕裂的牌匾摇晃城市的骨架

今天是元宵节
我推门而出,试着仅存的奢望
立即被风吹了回来
在酒店大堂润滑的地面上勉强站稳

电视里反复播报最新的灾情
农贸市场的棚顶塌陷下来
救护车在雪地里打滑
立交桥下冒险的车辆最终逐一熄火
城市定格于突如其来的暴风雪里

退回房间，在停电停水的消息中

我满足于温暖的现在

有人送我一碗元宵

让我珍视生命中的美好

站立窗前，看着天色变暗

倾听着毫无减弱的风声发出悲戚的长鸣

我不知道暴风雪何时停止

满怀祝福之心，在银白的大街上我寻找晃动的人影

2007年3月4日　辽宁沈阳

栖霞路

经过栖霞路的时候,上海一直下雨
经过栖霞路的时候,我始终盯着雨中的街牌

同行的人没有注意我的表情
他们在世纪大道上体会着国际都市的建筑形态
或是赞叹雾中的塔尖划亮灰暗的天空
而我怀念堂皇的背后,曾经穿梭的里弄
以及街边光着脊背的苏北汉子
炒着青菜,在简陋的餐桌上
让我品尝天下最好的美味

栖霞路,是我本世纪之初落脚上海的地方
每天我都沿着菜市场,绕过东方医院

在陆家嘴的现代大厦里
系好自己的领带
在菜市场里见到新鲜带鱼,曾多次想要亲手烹炸
做出童年时久远记忆中的味道
却从来没有时间,慵懒的晚归总让美梦落空
就像现在,我无法下车
随着同行的人穿过隧道,要去更繁华的地方

栖霞路，在雨刷不停的摇摆中退出我的视线

在进入隧道的瞬间，突然让我想起一个人的名字

        2007 年 3 月 16 日　上海

五里河体育场

五里河体育场被炸掉之后,我可以完整地看清喜来登酒店
看清九十年代惊艳的夏宫
但仍旧无法看见田野和浑河上的积雪
我的窗子可以把三好街上所有的商业招牌沉落脚下
却不能让我看清整个蓝天

大雁已经列队北飞
它们的阵容,是移动变幻着的云朵,悄然飞翔
从它们扇动的翅膀之间
我感受着久远的跳跃,以及南方泥土的温暖

春天回来了!而迅即又想到自己的生命里
还有多少个春天能够再来
眷顾和伤害,博弈和冲撞
瞬间离我而去
由亮转暗的傍晚里,我突然感到孤单

五里河体育场的原址上
载重汽车正运走残垣断壁的废料
似乎有一辆正朝我驶来

2007年3月18日　辽宁沈阳

尚义街印象

尚义街的名字,是二十年前从一首诗里记住的
尚义街的玫瑰,五颜六色地开满僻静的街边
尚义街的绿树,比我想象的茂密,因而街道变窄
像是云南高原上一根细细的米线

尚义街的单车,响着铃声拐入空巷
尚义街的街店,一个稚童陶醉于果汁的甘美
尚义街的巴士,散淡地靠近安静的站牌
像是白云缓慢地覆盖雪山

尚义街的远处,连接耸立的楼群
尚义街的呼吸,浸透着干花浓郁的香气
尚义街的正午,被卖樱桃的乡民盛在碗里
像是我把先祖的故地始终装在心中

2007 年 4 月 7 日　云南昆明

胆结石

昨天医生明确告诉我,体内的胆结石
没有任何办法变小
除非手术摘除,否则我就要忍受它带来的所有痛苦

我决定本周不回北京
只有在沈阳,深夜里可以和万物对话
我想知道它什么时候进入我的体内,顽固地成为我的一部分
它没有抵挡任何外界的伤害
不断地弄痛我脆弱的神经

昨天我总是想到它,想着各种解决的办法
用先进的仪器击碎,医生说那是妄想
用中药把它泡软,医生笑而不答
似乎只有躺在手术台上,而我惧怕刀子划破皮肤
寂静中血滴落的声音

痛苦无法回避,解决结石必须付出自己的胆
保留胆,必须保留隐痛的根源
这个简单的问题让我想到生命的各种命题
最后我决定保留这粒小小的结石
从今往后,和我共同面对欢愉和苦难

在我消失之后，让它代替我

继续浪荡于这嬗变的人间

2007年4月14日　辽宁沈阳

失眠的时间

现在我经常失眠
经常在失眠时开始寻找散落的书、杂志或者报纸
然后躺在床上,把枕头垫高
为了阅读时看清每一个字

有时我会打开电视
在遥控器上不停地寻找喜欢的节目
偶尔会设置为静音的状态
自己给画面里的人物配音
我想体会各种人物的百味人生

不知道别人失眠时如何折磨自己
我会把记事以来的各种事情进行分类
特别是那些遗憾的事情
真想时光倒流,重新开始
而美好的事情也无法让我迅速入眠
我会反复回味
甚至起床抽烟,让模糊的细节清晰起来

失眠是延长生命的一种办法
整日的纷乱里,我是生命中匆匆的过客

睡去之后,万物与我没有关联

只有失眠的时间里

我才触及这个世界

       2007年4月18日　辽宁沈阳

现在

现在我有时间,一天的时间,从早到晚
之前忙乱,似乎没有任何空隙,信函已经半年没有拆开
银行的账单,通信的账单,航空公司的里程账单
现在需要确认,但这些都是之前发生的事情
一些款项已经不再记得

现在我有时间,我要安静下来
擦拭书柜上的灰尘,给阳台上的绿植浇水
把散落的照片整理成册
我要把去年掉在沙发下面的杂志取出来
要去欧尚超市购买喜欢的食品

为什么欲念会让我连续迷失
商务活动从早晨开始持续到夜里
甚至占据全部的周末
闭上眼睛,我的感觉仍然是在路上

我已经很久没有端详过窗外的绿地
每天开车驶过,满脑子都是一天的应对
回来时夜色覆盖
我只会熄火幽灵般地上楼,然后睡觉

生活已经把我开除

对于疏于联系的朋友,我已死在记忆里

死亡并不可怕

但活在生活之外的行走让我不寒而栗

现在我把时间留给自己

回到人的状态里,重新体会呼吸

在菜肴里加入调料

用舌尖品尝自己真正喜欢的味道

现在我有时间,不再是停车场片刻的休息,然后继续狂奔

我已从高速公路的出口出来

疾驰已经结束

在今后的时间里不再关心速度

我要把现在一直延续下去

散淡成乡村的懒汉,让日头照醒自己

坐在村子的土路上

看谷穗一点点地低头,沉甸甸地,靠近泥土

2007年5月27日　北京

小穆来北京了

王林夫说,小穆从太原来了
今晚同学聚会
我说今天是端午节,需要带粽子去吗
他说你把自己带来就行

小穆其实不小了
官职也不小
现在还带着随从
但我们还是习惯叫他小穆
大学毕业他选择了支边青海
在青藏高原上孤独牧羊
后来在黄土高坡落户
命中注定他与平原无缘

在北京的同学已经不喝白酒了
小穆有些寂寞
他端着酒杯寻找对手
大家开始各自斟酒
纷纷与他碰杯
或者说与我们共同的记忆碰杯

席间我们谈到散落的同学

那些生命的基因

在世界各地转换成各种植物

有的是参天大树

有的是寂静青草

都在四季的转换中长出白发

小穆邀请大家今年去山西做客

大家表示暑假成行

王林夫说，找一辆中巴车

大家坐在一起

像当年坐在一个教室

那时我们憧憬遥远的地方

现在我们只是要去山西

去小穆的家乡

2007年6月19日　北京

民国时代

离现在最近的过去
就是民国年间
如果能回到过去
我就选择这个时代

皇帝被推翻了，妃子们流落民间
军阀混战，顾及不了被列强肆意割占的国土
民族资产阶级在沿海萌芽
革命党人在枪炮声中不断地倒下

国难当头
个人的命运轻如鸿毛
如果我念过小学
一定会远离故乡
在省城的报馆谋职
可能会同情革命
刊发革命者的檄文

或许财主家的千金小姐赶来找我
我们毅然私奔
沿着破碎的山河

一路上颠沛流离
饥肠辘辘,但我口袋里始终珍藏
她送我的钢笔

战火中与千金小姐走散
黄河边被抓了壮丁
我说我能写,我想投笔从戎
士兵们咧嘴大笑
后背被枪托砸伤

逃掉之后,风餐露宿
像一只麻雀不停地飞
有人盯住我的钢笔
要用干粮与我对换
我拒绝,说它是个人世间唯一的牵挂
是生死不明的爱情
听到的人哄堂大笑
我也笑了
却没有力气笑出声来

倘若流浪在上海
也许我会加入地下党
也许只是一个车夫

靠拉洋车维生

走街串巷，期待与千金小姐重逢

后来我可能投奔延安

也可能逆水而上，前往重庆

后来我可能战死沙场

也可能撤离大陆

那一生我热血沸腾

比这一生充满悬念，注定是一部电影

而这一生不过是一部重复的肥皂剧

那一生我有一支钢笔

这一生我的口袋里是空的

2007 年 6 月 25 日　北京

坝上草原

从北京一直向北
在怀柔开始行走盘山公路
经过丰宁时,我穿上外套
翻越大滩,震撼我的是
一匹马站在高高的山梁之上

从油菜花的草原望去
起伏的山坡背负着翻滚的云朵
雨疾走于阳光之外
苍鹰远去,一群麻雀紧贴着草尖低飞
白桦林伸出枝丫和阔叶
在天的尽头,收藏着巨大的落日

躺在拴马桩和马匹中间
我看到满天的星斗,清晰地想起海子的诗篇
"喂马,劈柴,周游世界"
"给每一条河每一座山取一个温暖的名字"
我后悔没有带上海子的诗集
在开满花朵的草原上,只有高声朗读他的诗句
才能止住自己的泪水

地平线

在界牌石的民宅里

我突然高烧,从睡梦里惊醒

梦见自己是一只羊

从羊群里走散

我奇怪自己为什么没有梦见马

而我只在离开草原的最后

在远远的低处

见到羊群

2007年8月3日　河北丰宁

三联书店

宽街往南，我看到三联书店
想停车进去
却没有停车的位置
有人提着一摞书走过
在傍晚的夕阳里
他的眼镜折射着秋天的光芒

我停在路边
等待空位，必须要把车子停在安全的地方
因为警察离我不远
不时地朝我的方向张望
他显得疲倦
落寞中总要有事可干

周末的北京有些懒散
美术馆的上空飞过几只喜鹊
让我想起当年曾经驻足观画
那些艺术家已移居乡下
他们静心作画
富人们把画据为己有

地平线

我算是知识分子
我知道三联书店
一些朋友经常谈论又买了一些好书
他们热衷于书中的观点
在对谈中我不敢说话
我自卑于自己的浅薄
进入书店是我此时唯一的想法

突然一辆白色车与我并排停下
红色信号灯让它停在路的中间
从落下的车窗里传出震耳欲聋的音乐
我看清里面坐着一位女子
黑发一丝不乱
脸庞像秋天的晴空水洗过似的干净

在绿灯放行的瞬间
我决定尾随音乐看她飘向何处
即将接近路口的时候
红灯再次亮起
那辆白色车消失于远方
从反光镜里,看到三联书店停车场驶出若干车辆
我却无法折回
最终迷失去向

2007 年 9 月 15 日　北京

感恩节的黄昏

当我知道今天是感恩节
已经接近黄昏
暮色中的飞鸟没有落回鸟巢
它飞着,在感恩天空

静坐在椅子上
我开始放映往昔的电影
从童稚年代到昨天为止
一些脸,一些眼睛,甚至一些伤害
被我默默地闪过

久远的镜头
在回放中复活某些画面
在眼前定格
今天我要安静地整理模糊的胶片
把它们重新刻在心里

落日在楼群间沉没
整个黄昏的时间
我一直在和过去对话
你们不会听到

地平线

在故乡的土地上活在过往的时光里

多次忍住要溢出的泪水

2007 年 11 月 22 日　黑龙江佳木斯

窃贼

发现他时,他正翻越围墙
一只脚已伸到墙外

我不合时宜地出现
他的眼睛里,惶恐和迟疑
另一只脚抖动
始终不能坦然迈过

他的脸颊塌陷
衬衫破旧,似乎还有一块洗不净的污渍
从袜子上的洞能看见黝黑的皮肤

桌子上不会摆放现金
万册藏书不对他的胃口
在白色的地板上
他最多能带走一盒香烟

在对视中
我的目光无故变得柔和
他突然说:在高处我怎么还看不到远方
之后他把悬在墙内的脚

移向墙外

最后整个人消失于墙外

2008 年 5 月 3 日　北京

右肋的琴声

确切地说，是右肋以下的部位
有些痛，我把手掌搓热
轮番敷在其上
像是把手放在破旧的风琴键盘上
低音轰然响起

一生要演奏多少乐章？这个问题
被我瞬间想起
右肋是残缺的琴键
在疼痛折磨的时间里
一个单音节反复地响
蓦然有些酸楚

无力抬起手指
当温暖变成冰冷
我必须双手合拢
搓，是计它重新温热
再抚摸内部的伤口

隔着皮肤，隔着外与内的界限
疼痛其实离心脏更近

地平线

自己悲凉地感到

毕生总在触及表面

却永远无法抵达

真正属于自己的地方

2008年6月23日　北京

空

空的街道，空的店铺
空的远方隧道
我在空的世界里赶路
街上也有晚归的行者
店铺里一对男女还在对谈
可我一直是空的感觉

甚至我都不存在
车子的方向盘只被一双手握着
灵魂在其外看着无人驾驶的车
疲倦前行

天是空的，雨在昨夜狂下
地是空的，海棠花在春季凋谢
我是空的，在深夜我感受不到自己

2008 年 7 月 7 日　北京

火车的旅行

今天早晨开始
我的脑海里一直奔跑着
蒸汽火车,就是到站前拉响汽笛的
那种火车

它曾穿越十九世纪的田园
把小镇的爱情带向远方
故事沿着枕木缓慢传来
人们忠于誓言
铁轨触动寂寞的神经
那些远大志向的青年
从此停留异乡

今年夏天,我会拒绝其他远行的方式
搭乘久违的火车无目的流浪
我要让浮躁的心安静下来
尽收乡村的风景
看看远山是否有一匹骏马
枣红色的、立起的鬃毛迎风飘舞

我选择不知名的小镇下车

走在质朴的场景之中

清洗都市的尘埃

我要向遇见的陌生人祝福

告诉他们，我来自铁轨的另一端

如果有人把我当成亲人

我会留下来，一个假期

或者一生

2008年7月8日 北京

醒客咖啡

万圣书园在北大东门往东清华南门往西

交通银行储蓄所的旁边报亭的后面

一楼有折价书专柜，二楼的醒客咖啡店里

经常云集各色知识分子

有人喜欢高谈阔论，也有年轻学子

仰视貌似学问家的长者

噼里啪啦敲击笔记本电脑的学者

偶尔把手放在脑门上

拼凑着诠释世界的论据

醒客咖啡的诱人之处在于

美式咖啡可以续杯

卫生间张贴诱导的漫画

解放某种压抑，轻易能从玄奥的理论里

回到简单的现实

书店门口永远站着一个收停车费的人

他说酷暑中必须坚守岗位

否则无钱买米

2008 年 7 月 8 日　北京

卡萨布兰卡

手机里，除了北京时间
必须要选择一个其他国际城市
同时作为屏幕的显示
翻阅众多知名城市名称时，我毫不犹疑地
选择了卡萨布兰卡

我并没有到过卡萨布兰卡
可摩洛哥的白房子
却一直矗立于我的脑海里
我知道这缘于一部黑白电影
战争的杀戮，纳粹的铁靴
以及恐怖冷光中，遭遇
刻骨铭心的爱情

那个叫里克的家伙
无法修复心碎的悲伤，但他把通行证
放在曾经共度美好时光的女人手上
看着飞机启动引擎，在黑暗中
载着他们飞往自由
自己甘愿随陆地沉没

地平线

六十多年后的现在

夜总会里没有革命党

酒精麻醉所有灯光

大街上晃动的人影

无须躲避党卫军的追杀

爱情有时沉沦成狂欢的游戏

每天我都使用手机

都能看到卡萨布兰卡的时间

我相信里克还活在那里

他曾夺走过我青春的泪水

2008年7月9日　北京

城子岭

我必须承认,我美化了这个村子
这个坐落于东北平原上的村子
外祖母最后安息于此的村子
炊烟袅袅,鸡犬相闻
一望无际的麦浪
一棵孤单的树立于旷野之上

那时我是一个少年
我的眼中只有羊群和马匹
外祖母柴锅里香透心脾的稻米
邻村的朝鲜族少女,她胸前的彩色飘带
曾让我产生落户乡村的打算

远离的时间里我更美化了这个村子
我拒绝听别人的描述
水土流失,坡道上沟壑纵横
杂草中不再有逾越的蚂蚱
池塘里鲤鱼绝迹
麻雀逃向远方

回到城子岭,我的少年玩伴

地平线

苍老得不敢相认

那些爱我的老人，埋在寂静的丘陵深处

墙壁上不再有当年的涂鸦

玩伴们幸福地当上祖父

外祖母的老屋早已住上陌生人

只有沙果树上的叶子

在风中低语，是记忆里

唯一的对话

2008 年 8 月　黑龙江佳木斯

兰亭的流觞

兰亭的溪流漫过长堤
我在冷雨中怀念先贤的情怀
当年他们徒步而来
在溪水中争抢水中的杯盏
然后抖动布衣长衫,低吟唱和

现在,流觞停在我的面前
在众目睽睽之下不敢取走眼前的酒杯
我怀疑自己无法出口成章
游客们在雨伞下起哄
一位老哥起身饮尽杯中的黄酒
背诵"鹅鹅鹅,曲项向天歌"
众人的掌声令他气宇轩昂

在场的人群中没有我的兄弟
他们在欢宴中大醉远方
威士忌的味道改变着传统的味觉
不屑于丝竹管弦的韵律
有人只在聚光灯下争先出场
兰亭,"一觞一咏,亦足以畅叙幽情"
在二十一世纪的诗歌现场

地平线

已经成为可有可无的小地方

三只流觞，顺着溪水缓缓地漂过我
今天我注定是一个哑者
在鹅池的水边，安静地端详几只白鹅
扇动着翅膀
却始终飞不到天上

2009年1月春节　浙江绍兴

西单路口

午夜与阿吾分手时，西单路口
只剩下几辆出租车
喧闹的人群四散八方，腾出寂静的街巷
他凑近我的耳朵
诡秘地说：告诉你一个坏消息
明天开始，你将不再是青年

我大笑，头也没回地挥手告别
其实阿吾并不知道
一岁半的时候，我曾被医生宣判死刑
是母亲的泪水把我唤回
从幼年到现在
一个幸存的人早已浪掷生命的本钱
青春是一个奢侈的词，当年的枪声
曾使我们一起瞬间衰老

走在西单路口，把自己放逐于
北京春天的午夜里
迎风而立，轻易流出的泪水被吹落空中
在千万人同居的城市里
今夜真想放声大哭

而我却找不到哭泣的理由

一个易拉罐的空瓶被风吹动

在街面上翻滚，冲撞中发出刺耳的尖叫

华灯绽放的广场上

精神无辜退场，货币的响声穿透坚硬的耳膜

闪烁的霓虹灯下，白发悄悄地爬上鬓角

呐喊不再是嘹亮的声音

它只在内心时常折磨残缺的灵魂

生日快乐！我祝福自己

像祝福一个陌生的老人

他没有虚度年华

他在物质的诱惑里始终坚守精神的秘密

这一声祝福

竟让自己在十里长街上哭出声来

2009年3月12日　北京

大望路

从地铁站里拥出的人群,把我逼到花坛的边缘
顺势而坐,在水泥的冰冷中
看行人穿梭华灯初上的夜色

其实我在比邻的写字楼里已经坐了一天
脊背酸痛,在商务活动的礼节中
始终面露微笑
午后的困意令我一度幻想自己是一张纸屑
被早春的风吹出窗外,然后
一直飘,一直飞

可我最终还是没能逃走,在冗长的公文里
坚持到最后的分别
对方按下电梯的亮键
等待的瞬间,竟比一万年还要漫长
我努力挺直身体
用外套掩盖衬衫上的茶渍
直至电梯门缓缓地关闭

大望路,北京东部的夜场
在这个新地标的位置

地平线

有人约会未来,有人分手过去
时尚的靓女目不斜视地盯着新光百货的橱窗
而蓬头垢面的乞丐
躲在暗处翻拣遗落的食物
喜鹊或是乌鸦,在泛绿的枝丫间
舞动自己的翅膀

车流汇聚成阻塞的长河
我是其中一只蝌蚪
在水流尚未漫过的低处
看着新贵和民工走在时代的乐谱里
他们有着各自的足音:铿锵的和蹒跚的
我悲愤我无法发出穿透黑暗的蛙鸣

我的眼前落满一地的烟蒂
在洁净的广场上,鲜明地成为一处污迹
而我不停地点燃一根根香烟
并不停地用脚,准确地说用鞋底
捻灭乱窜的火苗
在等待人群散去的时间里
大望路被我踩出一个洞,黑色的

2009年3月17日 北京

赤壁

我懒得去看古战场
火烧连营的场面已被时间冲远
那一刻曹操已死
雄心沉没水下
败退的将士追随的,只是曹操
空洞的灵魂

在赤壁寂静的街道上
我发现贩卖鱼糕的小店
老者温和的眼神,比鱼糕更让我留恋
他的慈祥是天生的
或许见证过当年的杀戮
对每一件物品都轻拿轻放

赤壁,结盟的阴谋
曾让这个名字流传千古
勇士的鲜血染红大地
泥土的红,任凭绿色覆盖
依旧裸露着历史的伤口

我只有一个上午的时间

地平线

在红土里寻找几支羽箭

它们带着三国的杀声

随车而行，我假借各种理由

下车观察春播前的红土

一无所获

偶尔发现数条蚯蚓

蜷曲着爬向深处

2009年4月2日　湖北赤壁

六渡桥

穿越白色恐怖的记载
在汉口,在今夜
我把自己想象成一个地下党
徘徊于六渡桥的巷口
寻找失散的组织

我听见奔跑的足音
然后是一阵枪响
有人英勇倒下
灰布长衫浸染鲜血
穿着格子裤的叛徒,借着昏暗的路灯
指认曾经的同志

理想让人前赴后继
他们或许和我同龄
或许比我年轻
在与黑暗的搏斗里,每个人的心中
都散发出一束光

忘记自己的前世今生
今夜我就是一个革命者

在春寒的黑夜里

久违的光明不断照耀自己的眼睛

许久之后,我从幻觉中醒来

意识到时空的错位

全国早已解放

人民当家做主

我不需要躲在暗处

组织的牌匾镶嵌在最光亮的墙壁上

听不见警车的尖叫

没有面对敌人枪口的机会

我无法验证自己是不是革命者

甚至怀疑血管里流淌的

是不是鲜血

2009年4月3日 湖北武汉

祖父

我没见过祖父,在我出生之前
他死于自然灾害的年份

大清王朝的灭亡,让偏安边陲的他
剃光自己的头发
光亮的脑袋上至死不留一根发丝
他恨透那个朝代
他的家族从军发配远离云南
在严寒难耐的前关地
耕读为业,落草为生

少年的他学成一身木匠手艺
游走于清末民初的江湖
做家具,建屋舍
手掌上布满坚硬的茧子
他娶过两个老婆
陪他颠沛流离的是我奶奶
这个生于锦州的女子
在兵荒马乱的年代里
捂紧敞开的粮袋

地 平 线

沿着松花江修建江桥

耗掉大半生的汗水

直到生了我父亲

也没能把过冬的棉衣丢在冷色的水中

回到先祖离开的南方

苏联红军砍掉日本人的脑袋

政权更迭，一个普通的手艺人

遣散伙计之后

怀揣数枚银圆

铺开捆好的行李

把异乡当成家乡

安放自己无奈的余生

他没有想到，遗留下来的

铁锯、墨线、刨子和尺子

成为孙子童年的玩具

福德工厂的印章却销毁于"文革"的炉火中

银行的柜台高不可攀

即使踮脚观看，我也没能看到

柜台里的人影

那些银圆被换成现金

维系贫寒的生活

老人们经常提起他，夏天的庭院里
他喜欢坐在木椅上
虚度失意的时光
我曾在仓房里经常摆弄
他遗留的生锈工具
还有一个时刻准备远行的柳条提箱

现在我把柳条提箱
搁在书柜的顶部
只要抬头
我就能看见，猜想光头的祖父
不断妥协的一生

2009年4月清明节　北京

陆家嘴绿地

现在的陆家嘴绿地
在高耸入云的楼群中间
变得相当渺小

我极力地回忆着十年前的场景
一群野鸭戏水其中
长椅上空无一人
早晨的露珠湿透脚上的布鞋
而今天四周的高楼让这片肺叶
布满阴影，践踏者穿行其中
它已成为工业文明的一个闹市

我的绿地，在栅栏的禁锢中
像一个无期徒刑的罪犯
它没有罪行
它只是在秋天落满野草的种子

透过时代金融中心大厦的玻璃窗
我盯着陆家嘴绿地
它可怜的哀鸣无法听清
对面建筑工地不断衔接高空的钢架

它们生怕它越狱逃走

我似乎也是一个狱卒

明知它的清白

却无法解救

2009 年 4 月 10 日　上海

青春

我想穿上灰布长衫，我想手臂相挽
我想冲破警察的阻拦
站在子弹和大棒横行的年代

我想走上广场，我想散发传单
我想点燃赵家楼
在烈火中把心中的铁，铸成巨大的铡刀

我想切断心中的幻想，我想拒绝堂皇的借口
我想用白话文书写激昂的檄文
重新印刷《新青年》

我想倒在抗争的路上，我想迸溅鲜红的血
我想圆睁自己的眼睛
怒视北洋政府求荣的退让和权贵贪婪的嘴脸

我想长出科学和民主的翅膀，我想飞在自由的云端
我想回到青春的激情
把谎言撕成碎片

从早晨开始，我一直在想

向谁讨要我的青春，祖国的青春

我想回到九十年前

2009 年 5 月 4 日　北京

西塘

有人一身素装

踩响庭院里的木质地板

足音清脆,像是三角钢琴弹出的白色音节

此时绿茶弥漫着整个水乡

细雨在水面上击打夏天的节拍

似乎来过西塘

否则廊棚上不会爬满花朵

它们开放的姿势,是前世的踪影

而现在,痴迷于掌灯后的夜色

忘记既定的去向

戏台上隐约飘来的江南戏曲

偶尔传到耳朵里,我想把它们编织成网

打捞迷失于水中的现在

有人说,来世一定落户水乡

守着一家布店

摊开所有鲜艳的花布

编织绝世的裙裾

而我注定是一个过客

离开时，和善的老者喊来人力车

坐上它穿越生命的窄巷

在开阔地与西塘分别

掰开紧扣的手指

2009 年 7 月　北京

午夜我踢到街上的石头

街上的石头,不算大,否则会伤害到
我的脚趾
我踢到它时,它滚到街的对面
在午夜的寂静里发出闷响

我喜欢空无一人的大街
幽灵般地飘浮于尘嚣之上
嘈杂的声音消隐在漆黑的窗内
它们孕育着来日的忙乱

边城是我决裂的抚慰
每次都会剥去恍惚的表情
让我回到少年时代
心存远大理想
即便在铁轨的撞击中常常遍体鳞伤

就像今夜
我踢到一块坚硬的石头
它在提示我,伤害都在事件的后面
只是无人看见
而我必须要一脸阳光

午夜是真实的现世

彩灯熄灭,星光闪现于浩瀚的天空

我忍住所有疼痛

把脚步放缓,把血脉中的跳跃

逐渐放慢

2009 年 8 月 11 日　黑龙江佳木斯

长途客车

带着挡风玻璃上的泥点,长途客车
在佳木斯客运中心打开车门
我坐在中间偏后的位置

我喜欢偏后的位置
它会让我看清前面的一切
包括前排乘客发丝间的头屑
眼睛的余光能够看见后排座位上的老者
以及躲在他腿下的猫

长途客车开往长春
首先要穿越小兴安岭,白桦林中的静水
一只走散的狼
嚎叫着追赶群体,它们的腹中
收纳着众多迷失的生灵

在得莫利休息站
那个臭脚的汉子终于穿上鞋
一路上我被熏得想要破窗而逃
甚至动了剁掉他双脚的念头
危险潜伏于旅途的时间

有人一度成为罪犯

电视上一刻不停地放映盗版光碟
枪声大作，一面红旗插在城楼上
我的祖国从此进入社会主义
结尾是热泪盈眶的欢呼
接着放映武侠片，英雄们横刀立马
杀富济贫，气贯江湖

路过哈尔滨时，我曾想提前下车
次日继续今天的旅途
而催促的电话不停地响起
我厌烦这样的响铃
无法放下行囊，在一把银色酒壶中
浪掷生命的时光

夜晚进入长春
乘客们走下长途客车
一个戴眼镜的女子扑在一个戴眼镜男人的怀中
我注视他们，直到香烟的灰烬
灼烫手指

2009 年 9 月 29 日　吉林长春

茗都茶馆

自从小何离开后,我们再也没有去过茗都茶馆
五年之前,我们把谈事地点
不约而同地选在那里
闹市中的寂静,茶具的精致,悬空灯光的柔和

每次去,总能见到小何,一个清秀的闽南女子
明眸中静流着山间的泉水,嘴角潜藏笑意
在复兴路的喧闹中
水墨画般的表情散发着茶的清香

我们并没有和她说过多余的话
偶尔问她新茶的品种
她默不作声,打开盒盖,让我们闻
然后在远处安静地沏茶

我们只知道她叫小何
不知道这个称谓之外的任何事情
轻端茶杯的手指,纤细、干净
一尘不染的浅笑,在时尚的大街上无处寻找

突然消失之前,她欲言又止

主动送给我们每人一小包新品绿茶

后来我们询问她的去向

店主说，女大当嫁，回福建南平老家结婚去了

大家无语，茶壶中似乎只剩下白水

有人提议，举杯祝福这个陌生的美好女孩

幸福！

五年之间，没有人再把聚会的地点选在茗都茶馆

我们也再没谈起过小何

昨晚路过茗都茶馆时，我开始怀疑

后来喝过的茶

好像都没有茶的味道

2009 年 10 月 10 日　北京

秋天的飞行

飞行从秋天开始,和候鸟一样

蓄谋已久地离开北方

把鸟巢留在光秃的树上

银杏泛动金黄

风逐一把它们吹落在大地之上

午夜的空中,我看不见河流

那些白昼的光亮,一闪一闪,成为黑暗本身

远离机翼之下的伤痛,人类无法痊愈的顽疾

我忘记是其中的一分子

在飞行中,幻觉自己长出翅膀,不断地扇动翅膀

在飞的状态里体验着绝迹的愉悦

就这样一直飞下去!

我不想成为坠地的银杏叶

最终腐烂于落叶之间

而飞机的轮胎触及地面的轰鸣声

把我惊醒,热浪湿透背脊,瞬间闻到

一股发霉的味道

2009 年 10 月 13 日 福建厦门

乡间巴士

从龙岩到土楼,中间停靠几个闻所未闻的小站
乡间巴士一路上捡拾搭车的乘客
脏兮兮的座椅上,从瑞金赶来的壮汉
疲倦得一直向我的肩头倾斜
他穿着厚外套,额头上渗出混浊的汗珠

山路两侧依旧被绿植覆盖,大树下
绽放着秋天的鲜花
散落于村庄之间的金色稻田
几个头戴围巾的中年妇女
在石磨上脱去坚硬的稻壳

一个十岁的小女孩不断回头看我
她的左眉上刻着一道深深的伤疤
说是跌倒在机械上留下的
害得秋季收割没有帮上父亲的忙
听着她骄傲的叙述,倔强的声音穿透我的肺腑
我真想把她揽在怀中
问她愿不愿意做我的女儿

我,一个今生寻找归途的行者

地平线

在闽西山路上经过一个又一个小镇

街上挂满红色飘带，商家门口

老者们正悠闲地嗑着瓜子

农户院子里，几只散养的鸡，试图飞过栅栏

它们是幸福的，不会轻易遭到屠杀

抵达土楼时，一个骑着摩托车的人

非要带我躲避检票的执法人员

我答应他，我跟随他，花费票价一半的钱

我走进土楼，坐在一张竹椅上

看天空陡然变小

2009 年 10 月 14 日　福建龙岩

龙岩闹市

在裕锦园搭乘公共汽车前，我咨询过一个警察
他懒洋洋地从值班窗子里伸出脑袋
告诉我，商业步行街要在麒丰商场站下车
一起等车的老者手提熟透的柿子，金红色的
像我小学时代胆怯的脸庞

路上，车水马龙，摩托车泛滥成金属的蟑螂
下车时驻足寻找去向
有人递过一顶塑料头盔，殷勤地问我是否搭车
沿着错乱的热食摊位我躲闪街上散落的桌椅
一个妇女正用调羹给自己的幼童喂食
我朝着幼童做起鬼脸，他仰头看我，肉丸滑落地上

一群少女聚集在延通炖品的下面，挑选各自喜欢的饮品
杧果的味道盛在纸杯里，她们嬉笑着跑远
星空音像城传来流行的歌声
在嘈杂的人流中沉落在人们的脚下
麦当劳——美国人的快餐，在商业楼宇的醒目正面
改变着闽西山城的胃口

一个穿着汗衫的人从口腔诊所里走出来

把浸染血丝的药棉吐在街上
我探头往里张望，里面的白衣大夫正喜悦地清点钞票
一枚硬币滚落地上，一直滚到街边
手捧铁碗的盲人一把按住硬币，连声道谢
整条大街却无人听见

茶店门前，几个老妈妈正从茶梗上分拣茶叶
临街饭馆的伙计正往碗里倾倒爆炒的牛杂
一个手拎购物袋的女子急不可耐地打开包装
两个孩子坐在商场门前的汽车模型里，不停地摇来晃去
一个快递公司的年轻人急匆匆地拨打手机

透过老树咖啡店的玻璃，我端详着山城的某条街道
独自玩味经济高速成长的阵痛时代里
一种悲喜交集的感觉，像炭烧咖啡
弥漫着一种特殊的味道

2009年10月15日　福建龙岩

培田村

这是一个来过不会后悔的地方
今天没有观光客,我一个人主宰着村中的窄巷和水渠
想象自己是南山书院的学子
准备长途跋涉前往省城,高中金榜
在朝廷的恩赐下,获取光宗耀祖的功名

而红军,一群理想主义青年却选择另一种方式
他们曾在这里集结,在死亡的威逼下
被迫开始信仰的长征
英雄们已化为泥土,土豪劣绅正悄悄归来
共产主义者的水井布满暗绿的青苔

灰色屋檐下,悬挂着众多的竹筐
劳动者背着它们收割稻谷
一位祖母说着听不懂的客家话
把我领进她的庭院,明朝的雕梁画栋
让我明白她是这片土地的传人

寂静的下午,我不断看见
水田中浮动的鸭子,彩色的鸡,摇着尾巴的黄狗

而消失的脚步，那些改朝换代的草鞋

竟让我隐隐作痛

2009年10月16日　福建龙岩

看雪之前

无意拍打桌面
惊飞桌子上的杯子,飞在空中
房间里散落哥伦比亚咖啡的味道
而南美洲的丛林,格瓦拉死后再也听不见枪声
断头台上没有英雄

我在想湖泊上静坐的人
渴望与河流私奔
一身白衣,在镜中端详自己眉宇间的黑痣
一只肌肤上的蝴蝶
在乱世中,始终没有扇动翅膀
守着妖娆年华

杯子的碎片,划破地面的青砖
清亮的声音贯穿秋天的夜空
雪即将落下,我开始倒数
出发的时间

2009 年 10 月 20 日　北京

候鸟南飞

黑暗中,我想把自己变成一束光

穿透高速公路左侧的丛林

惊飞树梢上的倦鸟

沿海今夜将有风暴

它们只有飞,不想损害自己的羽毛

候鸟来自边境之北

把鸟蛋孵化成一对翅膀

危险由此而来,猎手正靠近它们

贪婪侵占道德

弱小的生命落地

无法发出巨大的轰响

即便燃烧自己,我的光

照不见潜伏的阴影

罪恶戴着面具,辨别不清表情

每一个没有月光的夜晚,蓄谋已久的掠杀

不经意地发生

大地上遗落滴血的羽毛

在相反的季节,从相反的方向
候鸟列队飞过

2009 年 10 月 21 日　浙江金华

又见西湖

工人们正在搭建围栏

烟花即将绽放，白堤上的青柳丝低垂于水中

我想象着秋天的夜空开满桂花

绚烂的碎影在两岸咖啡的茶壶中

散发着江南的香气

游船停靠在黑暗处，寂静无声

红色沙发上的猫

经过竹林，轻踏柔软的棉布

古琴声悠扬覆盖青石的小径

在西湖，感受着微风拂面

木质楼梯的背后悬挂南宋的国画

孤单的山峰下，一个老者抖动长袖

把来世的墨汁，全部泼到

无人的街上

2009年10月22日　浙江杭州

雪中

麻雀躲在屋檐下，惊恐于漫天的雪
抖动的翅膀迷失去向
一地洁白，凸现出来的树干
裸露深秋的伤痕

雪下着，悄无声响，一个早晨的时间
掩埋北京所有飘零的落叶，以及昨夜堵车时刺耳的笛声
真干净！静坐于阳台上
看北风斜吹初雪，沏茶，点烟，舒展眉宇
任由冬天的词语自由地落，在天地间
涂鸦白色的诗篇

我的内心弥漫新生的感觉
这云朵撕成的碎片，逐走潜藏于角落里的暗算
天空已经大亮，冷冽的空气荡涤肺腑
我想跑在无人的空地之上
一直未变的坐姿，左腿在右腿的压迫下
失去知觉

2009年11月1日　北京

黑猫酒吧

北京的冷,今夜能冻掉手指
裹着厚重的外套,你从外面挟风尘而至
不断用哈气暖热自己的掌心

生日快乐!在寒风刺骨的回龙观
我说出自己的祝愿
一生醉过无数个夜晚,今夜不想再醉
你端起茶杯,以茶代酒,轻轻碰杯
绿茶的热气迅速遮蔽镜片
我们没有擦拭,不想再看清黑暗里肮脏的角落

空无一人的酒吧里,两个穿越理想的灵魂
慢慢盘点手中的牌
在生命的戏台上,似乎无牌可出
青春远逝,四季轮回,墙壁越垒越高
直至膝盖开始抖动
我们始终没有找到光明的出口

凿壁偷光,把自己置身于隧道中
却忘记带上结实的锤子
在精英遍地的年代里,我们怀念英雄

不断和自己搏斗,伤痛印满肌肤

经常坐在菩提树下,袈裟无法裹挟身体

无法遁入空门,在寺院外,你若一个孩子

游荡于紫墙的外边

今夜寒风刺骨

我帮你捡拾丢在地上的围巾

仔细查看,是否还有其他

遗落的东西

2009 年 11 月 15 日　北京

地平线

喜鹊

喜鹊在光秃的树枝上扇动翅膀
没有驱赶走降临的黑夜
更大的黑暗瞬息覆盖城市的上空
我看不清自己的手指，树上还剩下
多少片枯叶

白色羽毛落成满地的雪
那些碎乱的鸟爪，惊恐地抓挠大地的寂静
刺骨的冷，蔓延一地
过往者竖起衣领，匆匆赶往光亮的地方

躲在窗帘后面
有人正在摇椅上读书，读十二月党人的流放
低沉的喊声迅即击破耳膜
感受到火炉里木炭的香味
和冲天的火光

关闭铁门时，一声闷响
惊飞喜鹊，它们携带剩余的羽毛
朝着黑暗的方向
仓皇飞远

2009年12月9日　北京

冬至

冬至以后,天开始变长
我开始提早起床,对面楼群的玻璃
折射着太阳光
光亮在红色沙发上终于找到支点

昨晚在金融街不得不违章停车
宁愿领受罚单,我不能错过约定的时间
在威斯汀酒店的西餐厅里,我必须使用刀叉
切割牛排,往全麦面包上涂抹果酱
必须忘掉香烟,把自己装扮成文明人

回到住所,在镜子里
看到丧失面具的自己,头发凌乱,睡眼惺忪
嘴角上浸透着普洱的茶渍
自由和约束的转换中,我导演过众多的喜剧
观众们愉悦退场,我独自在角落里
清点笑声割破的伤痕

冬至不是节日,却令我欣喜若狂
阳光照到脚面,温暖如猫,懒睡于清透的光线里
有人憧憬来世,我开始想象

来世能否活成真实的自己

能否在冲突的剧情中担当幸福的角色

2009年12月22日　北京

北风

行人斜着行走,宣武门的红绿灯下
撞车的人,斜着吵架
我看到世界都在倾斜,像一个醉鬼扶墙,任凭北风
冷酷地吹

积雪落满尘埃,等待春天的消融
温暖退缩到掌心之中
我想念炭火中烘烤的核桃
被遗失于少年时的水井里,泛动的涟漪
从天边归来,从故乡的方向
吹散头发,白发隐现,和雪一样的颜色

北风,一年一度的北风
吹落银杏树上最后残留的叶子
几只硕大的喜鹊,摇晃着
和树枝上下起伏
黑色的翅膀下,收拢午后的
阳光

2010 年 1 月 20 日　北京

早春二月

——再读 Norman Rockwell 画册

卡车司机

卡车速度明显放缓,司机一直在左车镜里观望
他向同行的友人要来一朵白花
突然地,他伸出窗外
花瓣骤然被风吹散

一辆白色跑车疾驰而过,上面坐着的优雅女子
无法在速度中发现纷飞的花瓣
她头也没回

理发之后

吹风机吹出来的暖风令他昏昏欲睡
从理发馆回到家中,他和衣躺在床上
枕头上落满碎发

他厌倦清洗,厌倦更换睡衣
放弃任何借口

镜中人

黑裙的金色袖口上

白色珍珠一粒又一粒地攀缘向上
直到肩部停止
她手持唇线笔
在镜子里描绘唇线

遗落在柜子下的乐谱
一个烟蒂依旧散发着淡淡的青烟

寂寞

沙发背后,缝着一大块彩布
她双膝跪在波斯地毯上
翻卷的羊毛淹没白皙的脚腕

有人坐在沙发上
阅读当日晚报,背后的寂静
惹得那人回头
满杯的红茶,溢出来,淋湿软布的
沙发扶手

旧鞋

沙子渗入鞋子后,他才发现
鞋底中间的裂痕

之前鞋带的端头

铝质装饰已经丢失

线头的凌乱并不能改变他对这双鞋的偏爱

沙子终于磨破袜子,地板上留下

凝固的血迹

他蹲下端详旧鞋

像医生救治绝症患者,无可奈何的绝望

顽童

祖父照片镶嵌在镜框里

悬挂于红色壁纸上

顽童把头埋在双手里

他的父亲拉过墙角闲置的木椅,坐在其上

用一只手掰着另一只手的五根手指

历数顽童的劣迹

室内有两只猫,一只和顽童一起抖动

另一只在木椅下酣睡

败局

篮球馆内,胜利者被簇拥着

悉数转向隔壁的酒柜
一个清洁工人清理着残留的纸屑

看台上,三个少年不肯离去
话筒滚落在脚下
其中用手撑着脸颊的瘦子怒目圆睁

阵雨

画师在院子里临摹对岸的房子,阵雨突来
他顺势用细笔,画出雨的感觉
斜落的雨丝,由左向右

雨越来越大,他必须躲雨
肩下夹着画板,雨水涂乱所有颜色

青年归来

祖母张开双臂,呼叫着
楼顶的窗子逐一打开
露出一张张惊喜的笑脸

妹妹高喊他的名字
楼梯间冲出的花狗,默不作声地嗅着

沾满泥土的鞋子

他打量着久违的街道，看见排水管道的后面
一个穿淡绿色裙子的身影
想逃，却又停下
一双白袜子，在丁字黑皮鞋里闪闪发光

秋天

母亲的头发，由灰变白
曾经托人带回的染发剂，无法阻挡
雪片的落下
在秋季的午后
他在床下取出凳子
和母亲并排坐在一起，从水盆里捞起马铃薯
像母亲那样，轻轻地削着皮
藏着泥土的皮

飘窗

窗台的宽度，能容下他
还能容下几本书
暖气从墙下飘上来，让他在寒夜里
耐心读完小说里最后一行文字

一个悲剧，在文字里
始终折磨他的泪腺
他相信情节是虚构的
有些章节却还原自己遗忘的细节
窗外的银杏树不剩一片叶子
乌鸦在树枝上不停地摇晃
然后四周响彻风声

2010 年 2 月　北京

植树节

热锅上的水煎包,在街角散发香气
扎着花色围裙的苏北女子,拉扯着懵懂中的稚童
躲避疾驰而过的车辆

站在正午的西康路上,寻找理发店
头发遮盖耳朵,影响我的听力
在剪刀清脆的响声里,我想变成一头短发
让隐藏的白头发裸露出来
它们将在空气中肆意蔓延
像梧桐树干那么白

茶馆开始营业
有人侧身而入,坐在我们曾经坐过的位置
昨夜一壶铁观音由浓变淡
朋友们谈兴不减,直到茶馆打烊,挥手道别
他们穿越延安路隧道时
已是植树节的凌晨

黑夜和白昼交替
拒绝倒数时间,我怕在沉落的光亮里
无论如何奔跑,身影都会越来越长

直至消隐于大地之上
剪掉疯长的头发，把耳朵露出来
我要无遮无拦地倾听远方的呼唤
或者树木根须舒展的微响

2010 年 3 月 12 日　上海

远大路上

初春的雨洗刷大厦的墙壁,高空偶尔坠落的雪片
使我看到消失的冬天,两个躲雨的青年
他们要去地铁站,春雨阻隔他们
在门庭的遮檐下,我们并排站在
远大路的街灯下

往来稀少的车辆,急促地晃动雨刷
信号灯的红色,裹挟初春的雾气
在街面上折射鲜红的反光
我的裤脚,沾染今年第一场雨的潮湿

我要去对面的茶馆与人喝茶
茶叶变淡之前,谈妥细节,然后握手道别
我们不会谈到真理,妥协中坚守各自的利益
分手的刹那,或许迅即忘记彼此的容颜

远大路,多好的名字
顷刻诱惑我回到青春的状态,昂首挺胸
搭乘蒸汽火车,拥挤于人群中
去远方实现满帆的理想
我想念皮革制作的行囊,它能装下

我所有的衣物，一支笔和一沓方格的稿纸

一条路的名字让我产生久违的感动
雨滴击打地面的声音，突然想放声大哭
那是半生委屈的泪水
其实我要去远方，却总是在经停的小站下车
羁绊令我面目全非，而那一列蒸汽火车
不再回来

2010 年 3 月 24 日　北京

白玉兰花

隧道里的暗光一闪即逝
灵隐寺悬浮在雨中
正门大开,有人拱手点香,烟火弥漫
灰布和尚合掌穿行,大殿里的红色巨鼓
发出绝世的震响

灵鹫飞落,青山春淙
仰望巨匾的瞬间,白色花瓣偶然飘落
在我的手上舒展最后的脉络
一刹那,发现溪水边开满白玉兰花
它们安静地开放,白得耀眼
我无法衍生尘世的杂念

今天和以往不同
时间没有界限
信步走在翠竹中,把自己想象成
白玉兰花一样干净
忘记墙外尘埃的侵染
撇清杯中的草芥,把白色花瓣抖落其中
唯有它能荡涤肺腑

去的路上想着虔诚敬香

回的路上不断停下行走的脚步

留恋满园的白玉兰花

我要用多少橡皮,才能擦掉皮肤上的黑点

它们多么固执,残忍地

让我放弃重活一回的奢望

2010 年 3 月 31 日　浙江杭州

圆罐剧场

我惊诧于圆罐剧场的巨大，在工业文明的昨天
它储存过危险的煤气，铁锈侵蚀通道的墙壁
深红色的碎片偶尔落在脸颊，一种被污染的感觉
让漫不经心的旁观者忘却剧场外的白昼
我挑开从屋顶落地的白色帷帐
后台是一群学生，正在镜子里把自己化回古代
化妆师手中紧握眉笔，在年轻的脸上装点沧桑

我感叹于舞台的绝美，演员们演绎江南的戏剧
时空交错，缓慢的唱腔营造千年的距离
导演手持话筒，提醒一招一式
追灯在舞台上乱窜，照亮演员们眼中的泪花
生死相依感动我，轻易忘记脚下的台阶
黑暗中它伤害到脚趾，剧痛比剧情更直接地
篡改春天的情绪

精英们正在赶来圆罐剧场的路上
在入口处的红地毯上，他们将气宇轩昂
然后在座位上寻找自己光鲜的名字
前夜的暴雨浸泡地毯，聚光灯烘烤出丝丝水汽
残存的煤气味道在夜空里瞬间变成耀眼的火星

崇拜不要知道内幕，我不会告诉其他人

地毯下隐藏恶臭的污浊物，正像他们不会告诉我

唱词中平添过众多华丽的辞藻

镜子不会照出戏服里面的皮肤

那些皮肤上的污点

已在满场的掌声中视而不见

          2010年5月3日　北京

小房子

天高气爽,春天终于挣扎着走回空中
突然想起海边的小房子,它躲在咖啡色的外墙内
忍受秋天以来的所有寂寞
我把朋友赠送的诗集
运往海边,摆在白色书架上
一直寻找安静的时间,忙乱总是比北风来得更早
锁紧门窗,阳台的竹椅上麻雀筑巢
地上散落灰色的草芥

出生于内陆的我,并不向往海
它拍打岩石的巨响,在午夜时分生出莫名的恐惧
我怕巨浪吞噬肉身,成为游荡于另一个世界生物的食物
鱼类会厌弃我的骨头,蔑视身体里虚假的坚硬
每一个关节轻易被它们肢解,被它们嘲笑
在海边的时间里,我经常在黄昏时静坐于沙滩上
猜想水中的鱼类,它们顶替虚构的名字
在海平面下上演我们无法知道的戏剧
悲喜交替,潮涨潮落

我期盼迅速进入老年,推辞冠冕堂皇的理由
理由不再成为自己的借口

不再看到海的深处，捡拾沙滩上的贝类

用钝刀拨出鲜活的肉

我要练习自己的酒量

先从小杯开始，在醉意中忘却背后的大陆

我要把地址告诉每一个朋友

期待他们来，一起回忆冲突的细节

失眠时阅读朋友们的旧书与新作

看他们用颤抖的笔体写着我的名字

直到某一天，我无法拆开信封

他们的邮件被悉数退回

2010 年 5 月　河北南戴河

铜纽扣

我受不了铜纽扣摩擦桌面的噪声
对面那个人不断在桌子上晃动双手

他的衬衫袖口,两枚铜纽扣
像两只发情的老鼠,发出隐约的尖叫
互相捉着迷藏,折射出窃喜的贼光

他移动着手中的茶杯
在纸上涂鸦字迹
故意显示金色的铜纽扣,多么像向日葵

直到我开始赞美它们
他才把手挪开桌面
双手抱肩,两枚时代的勋章
不断闪烁在我的眼前

2010 年 10 月　北京

旋转门

进入旋转门后，突然停电
我被夹在中间，前后都是玻璃
左右也都是玻璃

我突然变成一个没有带道具的小丑
里边想出来的人拼命地推挤门框
眼睛里流露出埋怨
外面想进来的人死劲地推着门框的另一侧
他们似乎都在怀疑，是我破坏了
旋转门的开关

我只是和平常一样，推门而入
未能推门而出
在束手无策的时间里，我无奈
却要露出一脸无辜

2010 年 11 月 7 日　北京

末班地铁

车门关闭的瞬间,站台上
亮若白昼的灯开始逐一熄灭

晚归者蜂拥在一起,我想起透明的橱窗内
厨师往肠衣里灌制香肠的细节
他用尖刀剔除残留的硬骨
把肉切得尽可能碎
最后用铁丝拧紧香肠的另一端

我把自己送进地铁这个铁皮肠衣
随着它钻进黑暗的隧道
有人踩痛我的脚趾
我忍住痛,沉默无语
那人却惊恐地叫出声来

2010年11月　北京

2011年
至
2015年

永定土楼

我感叹他们的先人

挖掘泥土，把土楼垒砌得那么高

显示独特的威武

窗户高悬在墙壁之上

一幅幅生动的画面，逾越千年

有人远望海边的野火

和搁浅的船

香樟树溢满香气

铁壶里清冽的水，冲泡明朝的绿茶

茶壶里迷路的将军，解甲归田

在土楼的围合里娶妻生子

与世隔绝

给唯一的通路撒上草种

不再流一滴血

土楼的墙壁上开满鲜花

蝴蝶翩跹飞远

2011 年 3 月 5 日　福建厦门

兰花指

她用一壶热水,冲淡铁观音
另一个她,用别人的相机拍摄黑白照片
我一边喝茶,一边被人拍照
先是拍我疲倦的脸,再拍我清瘦的手指
一群人让我摆出兰花指
我尝试多次,兰花指一晚上被我摆得相当丑

午夜分别后,从滨河大道返回酒店的路上
我不停地摆出兰花指
出租车司机默不作声,斜眼偷看
直到开过酒店,我喊停车
然后用兰花指从衣袋里
给他掏钱

2011 年 3 月 30 日　广东深圳

虚幻的扇面

夫子庙被挤得只剩下秦淮河
我怀疑今夜的游人都是明朝走散的人群
他们蜂拥而回
在凄艳的船灯里，寻找前世的恋人

我裹挟其中，怀揣一把檀香扇
在春风中摊开
扇面的浓墨顷刻溅出清透的泪花

我应该能写出一手好字
在河流上写下揪心的词
而现在，空对一壶清茶和几块麻糕
从瓷盘上的裂纹穿越到故国
故国消失多年，在时间的这一端
无奈做了一个弃子

2011 年 3 月 31 日　江苏南京

伴山咖啡

放下笔,端详桌上的台布
在粗彩线的缝隙间,想找回上次遗落的青丝
它那么细,不会轻易被风带走
一个晚上,我在寻找青春的证据

多年之前,我和一伙人
放弃既有的石阶
在丛林中攀缘而上,我们一路高喊
四周回荡着昂扬的巨响

无意间我找到一根火柴
轻轻一吹,潮湿的红色磷头
脱落在洁白的餐布上
用手来按,它顷刻
变成一滴鲜红的血

2011 年 4 月 2 日　北京

白墙

我想用田野里的油菜花
制作一支硕大的毛笔，蘸着满池的春水
在徽式建筑的白墙上写出心中的大字

一直想找到一个字来表述过往的时光
在翻山越岭的奔走里
我揣摩过许多个字，却始终没有找到
这比拔掉双鬓的白发更难

躺在乡村的木床上
土犬偶尔狂吠，把先前想过的字
在半醒的午夜中忘掉
没有一个字陪我熬到天亮

最终决定一个字都不写
整面墙全部留白
只用朝霞的红色，在墙的左下角
印上一枚鲜红的图章

2011年10月9日　江西婺源

吊脚楼上

越是夜深，吊脚楼下的流水
越是发出湍急的水声
索性沏茶独饮，琐事放入水中
任由思绪肆意驰骋

对岸灯火熄灭之后
我把茶桌上另外几个空杯子
全都斟满春茶，把散落四处的另外几个我
喊在一起

他们是不同的我
带着各自的面具混迹于迥异的江湖
风尘仆仆，千里而来
本以为他们会相拥痛哭
他们却围坐在异乡的午夜
一语不发

2012 年 3 月 31 日　湖南凤凰

龙脊梯田

那些自下而上的水田,弯曲而又狭长

像是掩藏于民间的弯刀

被水牛经年耕耘的影子打磨出幽怨的冷光

锋利,且霍霍作响

我不知道哪位英雄能起身抽刀

哪些壮汉又会跟着抽出所有的刀

从山上杀向山下

替天行道,除暴安良

恍惚间感到弯刀都飘在空中

伸手即可握住

我却无力抬起手臂

看一把把弯刀划破初夏的阳光

2012年6月14日　广西桂林

削土豆皮

把放在阴凉处的土豆挪到阳台上
然后坐在木凳上
削土豆皮，那些凹陷的伤疤和裹挟泥土的斑点
被我逐一削去
手指粘满水性的淀粉
尤其是左手的食指
在阳光下闪现白色的光芒

削了皮的土豆
在空气里皲裂出新的伤口
不易察觉，有些疼痛
是在不经意间演变成一场悲剧
在热油的烹炒中完成顺理成章的谋杀

在削土豆皮的时间里
阳光灿烂得有些假
本想削出三个土豆
却不知不觉把篮子里土豆的皮
全部削掉

2012 年 8 月 11 日　北京

秋天的蚊子

它惊扰我的睡梦
在梦中我穿过暗黑的地下通道
在一个空地上的电话亭里
拨通越洋电话

蚊子萦绕于耳际的嗡叫
使我突然醒来,忘记接听电话的人是谁
点亮卧室里所有的灯
发现蚊子停落在枕头的上方
它无力逃出更远
秋夜的凉使它无法摆脱宿命的挣扎

它能活到深秋,必然躲过无数次的追杀
这让我有些迟疑
没有取来蝇拍,不想让垂死的生灵
最后死在我的手里

起身走到客厅,然后关紧卧室的门
我想睡在沙发上
让那只蚊子安享天年,或者在孤独中
继续无谓地飞行

2012年10月11日　黑龙江佳木斯

华山路上

秋风翻卷之后,梧桐树的落叶
轻得贴不住街面
我的裤脚能把它们带出很远

怀念它们长在树枝间的夏季
多么骄傲,它们茂盛地遮掩炙热的阳光
把暴雨筛成细微的水珠
掩藏着飞鸟的秘密

而现在阔叶正一片片地落下
一天比一天稀少,白色的树干裸露出经年的伤疤
秋风吹落悬空的鸟巢
蛋壳破碎,一株株树干
结痂成新的伤口

在华山路上等候末班车
不忍看见阔叶的飘落
转身而逃
夜幕下我比落叶更飘零,飘得更远

2012年11月11日　上海

地平线

印度洋的蓝

贝壳镶嵌的托盘上摆放着青色的杧果

野狗相约于海滩上,它们相互追逐

并不在意天际的邮船

钓鱼者在石堤上垂钓,始终没有收起白色的渔线

海浪一层层的蓝

我不断地后移身子

躲闪海水淹没自己的脚趾

海水开始逆流,最终漫上天空

只留着巨大的橘红色灯盏

它无法染红湛蓝的大海

在蓝而又蓝的海上,散落铺天盖地的光斑

使我晕眩的光斑

2013 年 1 月 22 日　印度尼西亚巴厘岛

惠福早茶

琥珀色的茶水映入吊灯的铜坠

我怀疑瓷碗里的茶叶

是飘落下来的铜锈

每次置身广州，我的脑海里

总是浮现出女学生梳着干净的短发

身着白衣和蓝粗布裙，手举彩色纸旗

在大街上高呼革命的口号

她们来自清末，消失于民国

眉宇间除去爱情的初醒

更有拯救民众的道义

她们受孕于理想，分娩着现实

信仰的床单上滴满生命的血迹

期待后代不再流血

我喜欢肠粉的香滑

其上的青菜碎末

弥漫着乡野的清香，用舌尖轻轻细品

稻谷竟沙沙作响

2013 年 4 月 15 日　广东广州

峡谷之底

顺着陡峭的天梯，我下到峡谷的最低处
仰望高处，千米落差之间的所有绿植
昂扬地向上生长
只有枯死的干藤垂挂于我的身后

奔走之水正湍急而过，它来自高处
俯冲的急流中偶见木槿花
灿烂地呼啸着顺流而下

我把自己定位于一个旅人
观赏着谷底的溶洞、怪石和迸溅的瀑布
鬼斧神工，这个现成的成语
不足以表达心中的感叹
试图找到另外一个词进行描述
这个贪念折磨我一个上午

后来想到另外一个问题
假如突然丧失所有出口
永远羁留谷底，我会不会以砍柴为生
安心做一个自然的山民

这个想法考验着我，离开峡谷的归途上
我对自己相当失望

　　　　　　　　　　　2013 年 5 月 7 日　湖南张家界

三乡广场

坐在夜幕中的花坛边缘,我看见人们陆续进场
东南方向矗立的巨屏液晶电视
播放着动物世界,狮群注视着迁移的角马
它们在草丛中策划阴谋
一个阵营的存在
必须谋杀另一个阵营

老年人、中年人、青年人,以及稚童们
组成各自的阵营,阵营里分解成不同的群体
炫技的街舞吸引着我的目光
他们颠覆常人的姿态
一只手撑起整个身体
急速旋转
我担心他们钻透地面
看清地壳下的秘密

有人热衷于交谊舞
他们彰显着广场上仅有的优雅
远比中老年人的广场舞更具观赏性
一招一式,落实着内心的企图

春风宜人,顺势躺下来

发现夜空中闪烁着寂寞的星星

我开始数星星,一颗一颗地数

数着数着,鼎沸的广场上

空无一人

2013 年 5 月 10 日　广东中山

钉子

从今天起我要收集掉下来的头发

把它们一根根地淬炼成钉子

黑色的，钉在白色的墙上

直到墙体布满钉眼，轰然坍塌

白色的，钉向漆黑的夜空

把黑暗变成通透的纱窗

我的身体长不出多余的器官

真想长出第三只手

偷回逝去的光阴

让自己一直幼小下去

无须用白发划亮黑暗

不再重新长大

2013 年 6 月 5 日　黑龙江哈尔滨

沈阳北站

在沈阳北站换乘高铁的时间里
数次想改签车次
留在青年大街
探访当年寄居的住所是否还悬挂格子窗帘

拉开窗帘就能看见院子里的杂草
春天凌乱，秋天枯黄
一直想种一棵石榴树
看灵性的叶子由绿到黄
然后凄美飘落，像平凡的人生

我会邀来走散的友人，沏一壶明前的绿茶
倾听独行的时间里是否想到彼此
是否还残留不再提及的理想
而我不过是旅居的过客
石榴树妄念的果实，一颗颗
白得如同转瞬即逝的雪

犹豫时，沈阳北站突然开始下雨
噼噼啪啪的雨声
在站台上盛开着透明的花朵

地平线

高铁车门即将关闭的瞬间

我纵身逃回车厢,雨滴迅速覆盖车窗

只听见过道连接处

金属碰撞的响声

2013年6月29日　辽宁沈阳

白色的烟

远行的路上
我会备足焦油含量最低的香烟
金黄色的烟丝,被白纸包裹着
是行囊里排放最整齐的物件

童年开始亲近烟丝
它们生长在外祖母后院的空地
阔叶,像散开的卷心菜
秋天高悬于土墙上
偶尔学着小脚老太太的样子
在小柳条筐中把它们捻碎
偷偷地往铜质烟斗里添加

我喜欢腾空的烟雾
变幻着人间的万物,消散空中
有时被呛出眼泪
依然觉得外祖母烟斗里溢出的白烟
那么美,那么香

现在我也抽烟
一直想买一个老式烟袋

像外祖母那样，吧嗒吧嗒地
抽出泥土的香气

白色的烟陪我远行
在沿途丢失朋友的现在
它不离不弃地萦绕指间，是我
愈加从容的良药

每次出行，必在箱底放足香烟
有人问我归期
我会清点香烟的数量
它们在，就无法确定返程的时间
就会在游荡的路上

2013年10月6日　广东广州

上午的声音

先是听到稚童的尖叫

滑板在水泥路面上剐出来的怪响

老者一声高一声低地呵护

麻雀们就飞散了

围墙外的汽车仓皇远去

我能分辨出卡车和轿车的差别

偶尔有人按响喇叭

是觅食的野狗又在穿越马路

它们总是急不可耐

以为天天能抢到骨头

阳光漫过地毯的时候

听见高跟鞋的脆响

她打电话的声调逐渐升高

索性高声咒骂

号哭后杂乱地走远

整个上午,只听见一声巨响

昏昏欲睡时

我把一本厚重的历史小说

碰落地上

2013 年 10 月 12 日　河北南戴河

净月栈道

沿着木板栈道漫步的时候

脑海里一直浮现大学时代的秋游

在湖的另一岸，我们在杂草丛中劈开一片空地

围拢一起畅谈远大理想

每个人的裤脚沾满草芥

双手抱膝，坐成一只只小麻雀

天空是用来憧憬的

都想飞得高，飞得远

而现在栈道是多么平缓

无须气喘吁吁地跋涉

轻松尽览沿途的美景

看小松鼠从一根树枝跳到另一根树枝

把阳光弄碎一地

当年我们是从净月潭跑回校园的

从黄昏到深夜，骄傲始终

映照着青春的脸

2013 年 10 月 18 日　吉林长春

古鹤村

沿着石板小巷行走

我看见霉斑满布的白墙

数百年的梅雨,无人擦拭的泪痕

轻易将村子染成灰色

而灰色的气氛里,每一面墙

都残留着深蓝色的窗子

锈蚀的铁钩扣紧烧鹅的香气

麻雀大胆地在脚下觅食

我喜欢俯身张望庭院里的水井

苔藓环绕井壁,青色的蔓延

使得井水格外翠蓝

石头溅起涟漪,褶皱着异乡人的脸

真想忘掉既往的光阴

在村子里安身

每天坐在石磨上,看阳光暖热稻草

看坡地上的细竹

节节升高

2013年11月18日　广东中山

屋脊上的光

坐在高黎贡山的对面

发现茶杯里悬浮一只小虫子

像是褐色的蚂蚁

用手指轻捻干瘪的身体

谷壳一样轻

被我随手一弹,飘向天台下的屋脊

消失于灰黑色的瓦片上

高原疾走的云朵闪开宽敞的天庭

夕阳异常耀眼

在一间间错落的屋脊上奔跑起来

整个古镇像是一群癫狂的武士

亮出刺眼的佩剑

我听到他们悲壮的呐喊

冲向高黎贡山

高耸入云的山脉

瞬间浸染鲜红的血

我想到被弹飞的蚂蚁

它或许是走散的侠客

一腔热血,最终却化作尘埃

比尘埃还轻

2013 年 11 月 19 日　云南腾冲

银杏村

耗费一生的时间
金灿灿的阔叶凄美落下
秋风四起，它们如同破壳的鸡雏啄食碎米
抖动着欲飞的翅膀
一群壮汉围坐在银杏树下
畅饮烈性的米酒
说着外乡人听不懂的方言
风铃晃走渐远的光阴
无意间有人发现远处的我
踉跄地站起身来
指着身边空置的树墩
喊我坐下
真想成为他们的兄弟
一路上我走得孤单
虽无酒量
却坚定地接过斟满的酒杯
在戴着面具的现世
我选择轻信陌生人
满地的银杏树叶缀满隐秘的心底
干净的美，值得暂时忘掉地平线
在高黎贡山下毫无顾忌地
宿醉一场

2013年11月22日　云南腾冲

鸭绒被

它盖在我身上

舒展的四肢如同在初夏的暖阳里

我忘记窗外正数九寒冬

母猫躲在汽车的底盘下，发动机的余温

使午夜变得美好

我在想有多少鸭绒填充在被子里

它们来自多少只鸭子

叠加在一床被子的内部

我用手捻了捻蓬松的鸭绒

它们一如依附于肌肤的柔软

泗水而生的鸭子都成了刀下鬼

我像个偷盗者，窃取它们的羽毛

不能明晃晃地披在身上

在寒风一阵紧过一阵的深冬

躲在一群鸭子中间

不敢出声

2013年12月17日　上海

嘉峪关往西

我要像古人那样
骑着骆驼,在戏楼看上一场戏
在文昌阁写上一幅字
备上烈酒和风干的羊肉
并不急着赶路,先人们早已把生意做完
在云淡天高的荒漠上
只做一个漫游的行者
从柔远门往西,远离城壕和烽燧
一叶孤舟般漂浮于金色的水上

我要把目光放得更远
把心放得更大
慢走中看清每一粒沙,以及它们的反光
我会用手抚摸松软的驼绒
让自己变得柔软起来
不再滋长尘世里的坚硬
在雪峰之下,还会认清自己的渺小
小到一粒沙

我将一直向西逆光而行
听骤然奔走的风声

顺着风声寻找消隐的古人

在荒凉的大漠上,我想和他们大醉一场

用醉话谈谈故国

2014年1月17日

除夕前夜

探出身子,看窗外停车场上的车辆
逐一离场,直到靠近银杏树的那辆香槟色的车不见了
我开始裁剪红色的纸,用水泡开紧裹的毛笔
在心里挑选对联的用词

靠近银杏树的车是香槟色的女式车辆
始终没见过它的主人
我想象了整整一年
她一定围着深绿色的围巾,穿着一尘不染的呢子上衣
缀着紫色的玫瑰花

有时我能听到关闭车门的声音
起身张望,枯萎的阔叶
正在北风里忽上忽下
把遇见的漂亮女子认定是她
又逐一否定,她们都不曾拉开
香槟色车的车门

在这座超大城市里
许多人都是外省人
无论长成参天大树,还是一岁一枯荣的青草

地平线

他们的根都深植于远方

我笨拙地写着字，笨拙地想着香槟色车的去向

窗外消散了平日的喧哗

一只野猫蹿上台阶，寒风骤起

寒风使我寂寞

2014 年 1 月 27 日　北京

在乌兰察布草原

风车隐现在地平线上
白色的扇面折射着秋天的阳光
青草渐黄的坡地上
一群前世的马
追逐着天边远去的云朵

在蓝天下屏住呼吸
看格桑花朴素地绽放
爱意顺着指尖,弥漫于草原之上
我羡慕高飞的苍鹰
凌空而起,远离尘世
盘旋于梦境之外

草长莺飞,辽阔的天与地
让地平线变得遥不可及
和天空一样深远
忽然意识到自己的渺小
或许用一生的时间
穿越不了无际的草原

向草原致敬

真想变成它的子民
不再折返喧嚣的都市
把世界缩成一个马背
放牧低语的羊群
和自由的心灵

     2014年8月31日　内蒙古乌兰察布

罗湖的上午

他晃着单薄的肩膀
头都没回
沿着长长的隧道走远了

阳光洒满湖西路上
烤化窗台上的糖果
我以为他会带走其中的一粒
含在嘴里,消解人间的苦楚
他竟空手远行

无数次的挽留
抵不上现实的凌乱
我把目光移向窗外
不敢对视哀怨的眼神
尘埃落满大地
他像古代的侠客,拱手道别
绝迹天涯

经常想起他模糊的面孔
高高的鼻梁透着天生的倔强
眼角挂着委屈的泪滴

地平线

我不相信他真的走远

或许躲藏在时间的某个角落

只要轻唤他的名字

他就会站出来，继续

晃动骄傲的肩膀

2014年11月18日　广东深圳

在地下通道里躲雨

突如其来的雨滴，在陡峭的台阶上迸溅
它们穿越时空
落在我泛红的手心

撑伞的人，在光亮处摇晃
槐树的叶子也在摇晃
偶尔听到刹车的闷响
有人就开始跑，急匆匆越过我
用手擦去脸上的雨水
捋顺散乱的黑发

流浪汉斜卧在污浊的褥子上
眼睛一眨不眨地翻看过期的报纸
他不关心下雨，天会不会晴
专注手机贴膜的人
坐在矮凳上，吹散屏幕上的灰尘
他把薄膜贴向手机的瞬间
抬头看了看破碎的天空

我想象自己是一名勇士
随时冲出战壕，忘却生死

像当年愤怒投掷石块

疾走于初夏的雨中

而事实是，和很多人一样

我怕雨湿透裤脚，弄脏锃亮的鞋面

蠢蠢欲动之后

捻灭炙热的烟头

          2015 年 6 月 4 日 北京

2016年
至
2020年

最后的春天

坐在椅子上
倾听表演般的哀怨,多想看清善意的内心
却无法相信描述的心机
不想沾染任何俗套的伎俩
我的身后出奇的平静
所有预想的细节全部落空

沉默在吊灯下弥漫
爱与恨的反转只是一瞬间
当镜框丢进垃圾桶里,玻璃片折射最后的寒光
忽然间像是做了一次交易
在盈亏平衡点上各取所需
这让我心无愧疚,只记住美好的画面
不想再复盘心中的质疑

或许冬天的雪下得足够多
春天只剩下刺骨的寒风
大地没有积雪,无须留下脚印
穿过地下车库时,我看见一只流浪猫
在轮胎之间寻找温暖的去处

生意人在意自己的盈亏
而我无非回到投资人的本真
适时止损。夏天就要来了
我要重回自己的方向
看枝叶上的嫩芽挣脱羁绊
舒展生命的叶脉

2016年4月7日　吉林长春

东坡树下

碎花坠地,清溪流远
一条蚯蚓横断古道
忘却前世今生,只想做宋朝的一介草民
在梅岭关隘的高处
开一家草舍茶室

用干枯的梅花引火
烧沸铁壶里的清泉,浸泡山间的草茶
青苔缀满石板
在一张竹椅上,终日坐南朝北
想在南迁的人群中
与鹤骨霜髯的东坡相遇

心属山河,何须在意朝廷的流放
不如隐姓埋名
腌制肉红味鲜的板鸭
蒸熟一屉屉饺俚糍
在春风秋雨的轮回中
青梅煮酒,吟诗作画

夜深人静的时候

反复倾听他的游历感怀

直至耳朵听出茧子

荒蛮之地，无须指桑骂槐

任由他开怀畅饮

高声痛骂腐败的朝廷

我将迎娶无家可归的女子

生下漫山遍野的孩子

请他给每个孩子起上诗意的名字

长大成人后，或散落于

南粤的各个角落

或漂洋过海，甚至杳无音信

我要让孩子们记住东坡的诗词

一代代地默诵，骨头里镌刻坚硬的汉字

有一天重回梅关古道

即便光阴已逾千年

东坡早已作古

挂角寺或许荡然无存

河山依旧在

       2016 年 5 月 27 日 广东南雄

三影塔下

途经广州会馆的庭院
看见一群粤剧演员在后台吊嗓
梆簧的唱腔穿过侧墙的门廊
木门开始摇晃
明朝的风吹落银杏树迟开的花朵
壁灯一盏盏地亮了

三影塔下，众多朴素的脸
折射着浈江的反光
在喜洋洋的曲调里，有人迎风起舞
手指舞向空中的瞬间
广场上响起农家稻田的水声
一阵阵稻谷飘香

我迷恋异乡的景色
喜欢听百思不得其解的方言
从陌生人汗渍浸染的眉宇间
寻找久违的喜悦
我向每一个迎面走来的南粤人微笑
他们中间，或许就有数百年前
走散的亲人

如果一生足够长

我想在异乡久住，把头发掉在

所有经过的地方

若在南雄，我就在三影塔下安家

学会用酸笋焖鸭

剁碎腊肉、香菇和芋头

把它们放入油豆腐里

当上好的下酒菜

我要尝试喝酒

补上所有亏欠的酒

每晚把双脚伸出窗外

让风穿透脚趾，吹散行走的苦水

什么都不再想

对着塔檐上的貔貅发呆

即使一醉不醒，也无怨无悔

在欲望的尘世上

我已了无牵挂

2016 年 5 月 28 日　广东南雄

文科楼

文科楼像巨大的鸟巢
有些人雄鹰般直冲云端，有些人如我一样
只是寻觅草芥的麻雀
但一直都在飞

——题记

我们有时在二楼的平台上无事可做
朝着大街上行驶的公共汽车乱喊：老王！
车窗里迅速探出几个秃顶的脑袋
我们深情地挥动手臂，他们迷惑地挥手回应
教室里迅速爆出一阵阵狂笑

我们有时谎称胃疼或头晕
绞尽脑汁地躲避枯燥的专业课
花白头发的教授们信以为真
继续不厌其烦地在黑板上列出数理公式
而我们已在食堂里抢先买到熘肉段

我们有时围拢在操场上
热衷观看低年级的女生练习排球
她们鱼跃接球，飒爽英姿的瞬间

大家眼睛一眨不眨,无人关心球是否救了起来
却打探下一次训练的时间

我们有时夹着厚重的《资本论》
故意在校园里溜达,引来啧啧称赞的敬佩声
然后装作若无其事
直至僻静处,把《资本论》塞进书包
再舒展酸痛的胳膊

我们有时独出心裁
在百草园宣传板上发表自诩深刻的短文
徒步横穿新立城水库,合唱自己作词作曲的歌曲
你一言他一语
集体给当红的女明星写信

我们有时寻找冲上街头的理由
女排夺冠
我们第一次气宇轩昂地跨越大学围墙
沿街高呼激情的口号
空中到处都在弥漫荷尔蒙的味道

我们有时议论才貌出众的女生
表面上一副高高挂起的样子

有人却心怀鬼胎，在图书馆的自习室里
永远坐在人家的对面，甚至睡梦里喊出她的名字
喊着喊着，他们却走散了

我们有时创造各种借口
聚集在校外的小餐馆里
畅饮散装白酒，抽劣质香烟
微醺时惯用报刊上学到的新术语
面红耳赤，激辩改革开放的方向和祖国的未来

我们有时谈到各自的前程
憧憬的间隙，脸上偶尔呈现茫然
丁香花开了，丁香花谢了
北国漫长的冬季教会了我坚忍与等待
即便胡须在青春的绸带上扎出无数个窟窿

貌似光阴虚度，却没有浪掷年华
离开文科楼的最后一夜
我站在明德路上久久回望熄灯的窗口
在心底把它烙成永不褪色的底片
想的时候就能冲洗出来
想冲洗多少张就能冲洗多少张

2016年9月11日　北京

洞庭北路

岳阳楼俯瞰洞庭，金色盔顶
折射着深秋的阳光
飞檐勾连苍天，紫色护栏上
栖落灰色的麻雀

清晨开始，我在心里
默诵着先忧后乐的千古名句
心底生出莫名的悲悯
而我的天下究竟有多大
不敢用尺子丈量

后来我从侧门而出
站在空无行人的洞庭北路上
面对秋风，想把手中的香烟点燃
火苗被风反复吹灭
直到用衣襟遮风，我才点着火
才看到了亮

2016 年 10 月 15 日　湖南岳阳

屈子祠前

在屈子祠前的空地上
有人栽种数垄青菜
它们静若青苔
坚守光阴的倒影

汨罗江干涸成枯瘦的老者
手背上青筋暴露
表情安详,全然没有激愤的悲壮
怀石自沉的人早已化为泥土
楚国已是一朵开败的花

几头壮硕黄牛在河滩上嚼食水草
千帆过尽,朝代更迭
只有芦苇不停地疯长
像逝者的白发
又像婴儿的胎毛

蹲在菜地的中间
看见一只菜虫蚕食叶子
在菜叶上留下一个个窟窿
等我站起身来

菜虫已经不见,眼前的汨罗江

只剩下裸露的河床

2016 年 10 月 16 日　湖南岳阳

生日快乐

不想惊醒英伦求学女儿的睡梦

又想第一时间送上生日祝福

整整一天反复查看时间

耳边隐现她出生时

清脆的啼哭

必须承认,从护士手中接过她的瞬间

迅即紧紧抱在怀里

每走一步都格外小心

生怕尘世的噪声惊扰酣睡的笑容

依然记得她倚着镜子学会站立

摇摇晃晃扑到我的怀中

以及在越洋电话里羞涩地喊我

爸爸

今天我的脑海里全是女儿

虽已长大成人

却是永远长不大的孩子

多想让她重回襁褓之中

我会更像父亲

呵护她重新慢慢长大

雨夜中的想念是湿漉漉的
因为她，有时我要向世界妥协
血脉相连！撑一把伞
不想让飘逸的秀发落上一滴雨水

而现在，她在地球的另一个方向
独自面对昼夜颠倒的裂变
化解内心所有的纠结
露出阳光般的笑脸

将来我想和她成为邻居
每天都能看见窗子里的灯光
看见她的身影
即便我们并不天天说话

2016年10月26日　上海

在徐家汇公园

坐在长椅上
我看见一个胆怯的小女孩
躲在树后
张望着行色匆匆的人群
她用一张素雅的绢纸
把自己包裹起来
像一颗前世的糖果
活在内心深处

和她对视的瞬间
她忽然低下头来
却没惊慌跑远
月光沿着烟囱洒在湖面
过街天桥横跨时间
白昼变成夜色

我想给她讲一个童话
在有院子的房子里
阳光照进窗子
照亮深色的木质长桌
遮蔽尘世的喧嚣

静若一朵花

人生其实很长

有时要用无数个日夜

才能把美好的花瓣

撒满全世界

2016 年 11 月 3 日　上海

南屏西口

前年夏天
我坐在百大新天地的南门前
听一位流浪歌手演唱怀旧老歌
他并不直视听众
始终盯着颤动的琴弦
一首接一首地唱
直至眼角闪烁着泪花

开始盯着他看
后来有人在微信里发来问候
我按着老歌的节拍
向远方回应动情的文字
像一朵疾走的云
从高原到平地,我把自己带回
执迷的少年时光

今天又来南屏西口
佳禾面包房依旧散发着小麦的香气
十路公交车依旧不停地穿梭
山茶花并没开败
而流浪歌手已杳无踪影

一切都变成旧时光
荡气回肠的誓言
碎成秋天一地的光斑

其实来南屏西口之前
我先去了圆通禅寺
静坐在翠柏之间，在默想中
学会出家人的一念放下
把树叶还给森林
把故事还给小说
把谎言还给真相
把光阴还给万般从容

2016 年 11 月 12 日　云南昆明

镜中

正面照镜子

我看见少年的自己

嘴唇略厚,像是不善言辞

心底又像全部明白

脑门儿宽大,能上映宽银幕电影

人群中静若处子

思绪却翻江倒海

眼球如同水平仪里的水珠

寻找平衡点的晃动中

脚掌从未离开家乡

憧憬远方,江桥上驶远的绿皮火车

让自己经常热泪盈眶

侧面照的时候

我看见两侧都已白发杂生

闪烁着银色的光芒

从青春到现在,像是动若脱兔

逾越所有的栅栏和陷阱

把都市当成草地

把阴影看成青草

在僻静处不断撕掉肌肤上的死皮

亮出生命的底色

天大的委屈都会搅拌到茶杯里

一饮而尽，转过头来

依旧一脸阳光

用目光垫平去路，用善意抚慰伤痕

不违心奉承

不与猥琐之辈说话

其实我最想看清今天的自己

北京雾霾弥漫

呛得不得不低下头来

而低下头，我看不见镜子

看不见镜中人

童年时脚面上被狗咬过的疤痕

也全然不见

2016 年 12 月 3 日　北京

午夜

车灯晃亮西直门桥的指示牌
我看见上面落着一只喜鹊
像一块静止于空中的石头
裸露着白色的疤痕

我的前方没有车辆
铁架悬桥上,风撕烂时代的标语
街灯一盏盏地倒向身后
玻璃碎满街道的声音
溅到车的后备厢上
反光镜里却空无一物

我知道什么都没有发生
甚至气温也没有改变
忽然想拨通电话
约几个夜不能寐的人
去桥下的排档喝酒
我想和他们谈谈祖国
和稍纵即逝的爱情

脑海里闪过很多张面孔

有人移居国外

留下的爱国者大都离开本城

他们在故乡张灯结彩，和旧友重逢

而对于我

故乡只是一场缥缈的大雪

北京午夜的大街上

独自游荡

每次摇下车窗

冷风瞬间在我的眼角

结上一层冰

2017 年 1 月 22 日　北京

烟花

始终找不到合适的词

描绘烟花的绚烂

在漆黑无际的夜空里

每一次腾空而起的绽放

闪现人间所有的花

惊艳与凄美，繁茂与寂寞

我必须紧抿嘴唇，不让泪水

落下来

初到北京的深秋夜晚

坐在景山后街的街边

看广场上空

升起一夜的烟花

它们点燃血脉里的每一滴血

我曾想把自己变成

一束璀璨的烟花

在最黑暗的时候

发出应有的光

光阴消减生命的长度

烟花的光芒不再燃烧青春

只照亮结痂的内心

现在，烟花出乎意料地盛开

我只会安静仰望

在光芒暗淡的瞬间

有时想起一些伤感的往事

往事比烟花开得长久

有的镌刻在身体里

灼伤坚硬的骨头

今年春节

我打算多买一些烟花

不再赋予任何的寓意

在人潮退去的时候

独自点燃它们

只想看它们照亮黑夜

看自己的生命里还能开出多少朵

美好的花

2017 年 1 月 26 日　北京

格桑花开

土路上遇见两只壮硕的黄狗
不时地跑到我的跟前
嗅着裤脚的味道
我的口袋仅有一支碳素钢笔
真想把它变成一根骨头

我们最终在旗溪村口分手
它俩像是闪电
急速消失于白墙的背后
白墙的底部遭受梅雨常年的侵蚀
像是老者跋涉的鞋面
缀满光阴的污点

我的目光越过一排粗木栅栏
看到一簇簇挺拔的竹林
枝干可以做成无数根扁担
足以挑走坡地上
所有残留的枯叶
转身离开的刹那
无意间瞥见竹林背后的洼地
格桑花突然闪现,成片成片的

在不易察觉的低处

编织锦绣的花海

格桑花是那么弱小

无声无息地开,无声无息地落

每一朵都在卑微中绽放出

自己的最美

它们生死相拥,绵延不绝

美若群星,用微弱的光

照亮人间的黑暗

放弃漫无目的的游荡

靠在花海尽头的草垛上

我凝望格桑花起伏的静美

它们感动着我

在朴素美好的格桑花中间

本想安放一些旧时光

整整一个中午,我都没有想好

安放什么

2017 年 2 月 3 日立春　广东中山

冷风

冷风吹在额头上，头发不属于我
吹在手背上，手指不属于我
吹进衣领里，我就像
空地上的积雪，从里到外
渗透无边无际的寒气

背对冷风，无数根细钢针
戳破肌肤，每一个毛孔
绽放一朵雪花，它们的根
全都指向深藏的心脏

不放过任何温暖的角落
冷风逼迫我张开嘴
从嘴唇上迅速掠过
掠夺唯一的血色

向寒冷投降
愧做雪国的少年
我早已丧失迎风而立的勇气
瑟瑟发抖，忽然觉得
自己真的只是一个浪子

不论是在昨日的异乡

还是现在的故乡

       2017年2月9日　辽宁沈阳

老屋咖啡

清代的门板上
残留着民国的油漆
春光里躲藏着冬季的斑影
把双脚搭在另一张椅子上
困意迅速带我
重返旧时光

先是油坊胡同
我从折叠的镜子里
看见无数个自己
交映出自娱的童年
之后是文久胡同
少年的我躺在屋脊上
仰望南飞的大雁
它们长长的队列中
总有一个空位

祖国无比辽阔
绿皮火车载着青年
驶过江桥的瞬间
故乡沉没水中

之后的每一次歇息

不过是一个又一个驿站

青丝滋生白发

一路上不断丢失剪落的指甲

面向故乡,大雪掩埋来路

背对故乡,风雨一直湿透衣襟

万物映入眼帘

把美好留在心底

其余不过是一阵风

在老屋咖啡

我看见一张模糊的脸

晃动于咖啡杯的波纹里

用钢勺轻轻搅拌

雨雾就漫过屋檐

桂花就开了

穿过树下斑驳的阳光

庭院内假寐的土狗

一下子又跑远了

2017 年 3 月 12 日　广东中山

地平线

天际

飞机向西飞的时候
机翼的后方,天空渐渐变暗
青色退隐远方
在翻滚的云海尽头
浮现一道若隐若现的白光

黑暗追赶过来
像荒原上突然乌云密布
风吹飞了我的帽子
只能躲在树下
雨水浇透白色背心
冲走我的少年时光

而现在不同
黑暗覆盖整个天空
越来越暗,直到黑得
看不见一切
我想变成比光速更快的飞行物
追赶天际退隐的白光
眨眼的刹那,舷窗外
融合成更大的黑暗

既往的时间里

我有很多懊悔的事情

比如幼年时捣毁一窝鸟蛋

故意踩死窗台上的蚂蚁

是的，我不敢说出

青春之后所有的愧疚

我怕机舱外突然闪起雷电

飞机飞行在黑暗里

目的地越来越近，甚至听见

起落架放下来的声音

光阴消散在黑暗里

往事犹可追

听起来很美

却是一句最骗人的老话

2017 年 3 月 13 日　广东深圳

空中

向左看时

我看见一个体面人

正修剪肥硕手指上的指甲

碎指甲迸溅到舱内

迅速隐藏在红花地毯里

他视而不见

继续剪,食指上的戒指

折射着顶灯的冷光

向右看时

我看见一架客机

缓缓离开廊桥

驶向坚硬的跑道

剧烈的引擎声绞痛大地的心脏

一群人将冲上云端

暂别喧嚣的人间

再往左看

那人已调整坐姿

仰卧在座位上假寐

鬓角滋生银发

油光锃亮的脸上并无皱纹

眼袋有些低垂

嘴角依旧流出涎水

再往右看

是飞机的舷窗

远方的地面上闪动数盏灯火

我猜想是一个乡镇

或许镇上的人正收拾碗筷

老者披衣出门

往马槽里添加草料

太阳早已落山

现在的窗外,除了黑暗

还是黑暗

2017 年 3 月 27 日　北京——深圳的飞机上

荆岳大桥

雨雾遮蔽群山
长江隐藏于冗长的桥身之下
四周一片白茫茫
恍惚间置身于童话里的仙境
像是腾云驾雾
远离喧闹的人间

把雨刷开到最大
依然刮不掉连绵的雨珠
多少委屈才使长空恸哭不止
悲伤有时无须深藏
所有人都在寻找理由
渴望倾泻心底淤积的泪水

同行者泰然自若
像是觉察不到悬在空中
或者不屑前行的危险
一遍遍倾听同一首深情的歌曲
感动自己的同时,更有勇气
蔑视车窗外的尘世

人的一生都在寻找同行者

有谁与影相随，有谁扬长而去

又有谁不动声色

在对视中相约来世

不见不散

荆岳大桥在身后越来越远

长江越来越远

同行者忽然兴致盎然

讲起生活中一件又一件趣事

讲着讲着雨就停了

阳光普照大地

山谷里的花和脸上的花

一下子全开了

2017 年 4 月 6 日　湖北天门

青山

用软布擦拭碑身时
忽然听见祖母轻唤我的乳名
她已逾百岁,白发苍苍
像一朵很小的白云
悬于我的头顶
抬头望去,总能看见她
慈爱的目光

怀念她的粗布衣襟,我曾藏于其中
偷看大千世界
这些年来每当内心绝望
都会来到祖母墓前
坐在她的对面,向她倾诉
秘不示人的悲苦和怨恨
在口是心非的人间
似乎只有她不会出卖我
让我清空自己
变得比风还安静

祖母葬于青山之间

还原为一粒无声无息的草籽

春天发芽，秋天败落

四季只是一个轮回

等到某一天，我也会变成一粒草籽

不离不弃

我们都在青山上

2017 年 4 月 20 日　北京

暴雨

硕大的雨滴击打窗台的声音
像医生的铁钳,在口中
寻找残缺的蛀牙
风一阵紧过一阵
拍响玻璃窗

懒得起身查看窗子是否关严
暴雨顶多是一只豹子
从空中扑到地上
暴雨的愤怒冲不走内心
深藏的悲苦

突如其来的雨
惊扰熟睡的我
它肆无忌惮地击落树冠上的叶子
却伤害不到人类
我有十二对肋骨,任意抽出一根
都能变成巨大的伞

此起彼伏的暴雨
逼迫我滞留异乡

其实我并不急于赶路

任凭雨下个不停

何事慌张,不过是再一次

把异乡当作故乡

把余生泡成

一壶茶

2017年6月24日　广东中山

七舍门前

坐在盛夏的晨曦中
我看见一群晨练的老者
慢悠悠地打着太极拳
当年七舍门前的空地上
是一群踢足球的人
他们的叫喊声
能震碎天下所有的玻璃

我是学经济学的学生
无法回避马克思的《资本论》
艰涩难懂的表述让我怀疑
遇见英语的文言文
还要琢磨会计学枯燥的数字
互相间的关联
耗费大量的脑细胞

高年级师兄站在石阶上高谈阔论
指点江山的手指
已经和晨练的人一样弯曲
他们散落在全球各地
或许正在吃药补钙

低年级女生娇羞地低头

变成慈眉善目的祖母

时间无情，像是一骑绝尘

把所有人丢向旧时光

坐在石阶上

脑海里闪现一张张久违的脸

我想忆起他们当年的脸

没有粉饰过的脸

再从这些青春的脸谱中

认出曾经的自己

一只浮于时间水面上的丑小鸭

憧憬飞起来

现在我只是一个过客

无法回到从前

只能背对时间，在窗子的反光里

看旭日东升，看天空中

一群飞翔的麻雀正渐渐变成

一个个模糊的黑点

2017年7月9日　吉林长春

麦地

锋利的麦芒刺破低垂的云朵
水洗过的天空,蓝成一块硕大的宝石
此刻我俯身细看麦穗
一只田鼠嗖的一下窜出
逃向麦地深处

起身时,西风正烈
疾走于麦穗之上
翻卷金色的麦浪
波澜壮阔的海飞鸟泅渡不了
羽毛零落,橘红色的夕阳
染红地平线

人生真的很短
来不及重新播种,大火会把
大地上残留的麦秸
烧成一捧灰
麦芒再锋利,最终不过是大地上
飘浮的尘埃

一望无际的旷野上,一株株麦子

始终不离不弃

一起青,一起黄

一起倒下

        2017年7月18日　黑龙江加格达奇

笨狗

喜欢你们憨厚的样子
跑过来的时候
脚爪上挂着甘河的水珠
折射着盛夏的阳光

嗅着我的裤脚
摇晃朴实的尾巴
像是重逢久违的亲人
摸遍衣袋,找不出一块食物
我满心羞愧

西行千里,只为目睹雄浑的落日
这冠冕堂皇的说辞欺骗了所有人
但我不想欺骗你们
我曾答应过一个人
在森林深处安身
养狗牧羊,生火做饭

而我丢失了曾有的地址
在空旷的野地上迷失去向
幸亏遇见你们

是我游荡的时间里

最亲近的生命

分别即是永诀

你们跑远的时候

真想喊你们带上我

手指却被身下的野草划出一道

渗血的伤痕

2017 年 7 月 19 日　黑龙江加格达奇

道奇体育场

我对棒球没有太大的兴趣

甚至不清楚比赛的规则

两群不同队服的壮汉

因为一个白色棒球

击打，拼命奔跑

全场瞬间热血沸腾

只关注生活的纯粹

不关心虚幻的主张

一座城市热爱自己的球队

把比赛日当成节日

人们喜笑颜开，穿上道奇的T恤

戴上道奇的帽子

把美利坚合众国炸成一盘薯条

把洛杉矶当成一碟番茄酱

八万人体育场座无虚席

比赛的过程里，我开始观察

每一个美国人的脸

所有人欢欣鼓舞，个别人发出尖叫

美女们的脸上涂抹油彩

肥胖女子站起来扭动腰身
让生命抖落重负，把今夜的天下
变成欢乐的海洋

喜悦是发自内心的，不像我
常年生活的城市
经常沉陷于复杂的问题
卑躬于资本，屈膝于权贵
在各种纠结中互看眼色
很难过成真实的生活
或许我们缺失一个棒球，或许我们
不仅仅缺失一个棒球

2017 年 9 月 23 日　美国洛杉矶

科罗拉多峡谷

穿行于堪帕布高原之上
并没有被科罗拉多峡谷
鬼斧神工的褐色岩层所震撼
不敢说见多识广
我早已过了好奇的年龄
对世间的名山大川
越来越无动于衷

前往峡谷底部
搭乘一架透亮的直升机
驾驶员是金发碧眼的美国女孩
一边嚼着口香糖
一边娴熟地操作仪器
让我们在峡谷里，苍鹰一样
飞起来

女孩单纯而自信的微笑
比峡谷更像另一个星球
壮丽的山河最终抵不过
清澈如水的眼睛

2017年9月26日　美国亚利桑那

梦幻酒店

很多人驻足在酒店前
等待假山上喷发冲天的火焰
目睹一瞬间的璀璨
这不是真实的火山爆发
不构成人间的灾难
日复一日的演出,令观光者
发出各种腔调的赞叹

拉斯维加斯的筹码
引诱人们的贪恋,把欲望
贯穿在一张张纸牌上
老街上穿梭不息的人流里
有人手持咒骂总统的标牌
也有人赤身裸体,落实
民主和自由的权利

这些并没有震撼到我
相反,酒店顶端披头士乐队的四人头像
让我唏嘘,横跨半个世纪的摇滚
依旧撞击内心
他们的歌声不断掀起风暴

真想成为一个游荡的歌手

怀抱吉他，唱出生命的呐喊

浸染东方文明的我

无法揭开矜持的面具，无法丢掉

骨子里的忍耐

只会用时间磨合观念的落差

用自己的手，按住沸腾的情绪

装作若无其事

2017 年 9 月 27 日　美国拉斯维加斯

白衣少女

当一幅幅油画映入眼帘的时候
所有人的脚步变得轻柔
世界忽然安静下来
我不懂油画,说不清
任何一幅油画的来历

但我还是停留在惠斯勒的《白衣少女》前
从白色的幻象中,逐渐
辨识白色长袍的长度
白色窗帘的宽度
以及左手轻拈的百合花
散没散出白色的香气

工业革命改变旧世界
正像现在,科技引领未来
不断加速嬗变的节奏
越来越多的人游走于文明的边缘
很像茹毛饮血的祖先
手持尖石追逐猎物
穷其一生,无法回到
早已风化的洞穴

我们用语言记述遇见

用色彩描绘想象,付出

一代又一代人的生命

不断迷失于美好的方向

光年测出宇宙的距离,却始终

确定不了心灵的大小

谁能告诉我,白衣少女的脚下

为什么铺着一张野性的狼皮

狼头栩栩如生,目光凶狠

白色獠牙的后面隐藏猩红的舌头

却喑哑无声,再不能发出

穿透黑暗的嗥叫

2017 年 10 月 1 日　美国华盛顿

斜穿中央公园

靠近纽约酒店的入口处
两个美国中年妇女在聊天
她们的狗,安静地坐在
各自主人的脚下
听不清她们的话题
来自全球的人影散坐在长椅上
地上落满乌鸦

我要去公园对面的中国餐馆
必须斜穿中央公园
先是一片草地,然后是一个湖泊
一个人站在空旷的舞台上表现自我
一些人骑着山地车
晃动着矫健的身躯
在公园内部的道路上疾驰而过

资本主义的表情通常是居高临下的
他们觉得自己之外
都是需要拯救的人,很像小时候
我们把美帝国主义当成纸老虎
漫画里的他们张牙舞爪

地平线

傲慢的鹰钩鼻子通常流着
苟延的鲜血

是的,我刚刚从投资大厦走出来
经过第五大道时,目睹落地窗内
享用下午茶的体面男女
他们一尘不染,指甲缝里
应该没有藏匿尘土
专注于蛋糕的花色,不会关心
远方的树叶落没落下来

我也不关心美国的冷暖
各自安好,何须指望
所有人都能熟练使用筷子
世界是一个拼图,拼来拼去
终究回到自己的位置
正像我前往的中国餐馆
谦让的客套中,有人率先坐下
有人随后坐下

2017 年 10 月 4 日　美国纽约

老街地铁站

上班时间，逼仄的通道上
挤满形形色色的人
一百五十年前沉落在地下的铁轨
静候风驰电掣的车厢
我庆幸早起赶路
目睹大不列颠众生相的另一面

临时住在老街站附近的公寓
每次乘坐地铁前，我会站在街角雕塑前
安静地抽上一支烟
端详红绿灯转变的间歇里
人们竖起衣领，裹紧格子围巾
迎着大西洋刮来的寒风

酒吧门前总是残留一地的酒瓶
他们的话题应该不会涉及东方
要想转过头来，通常
需要一个世纪的时间
生命的诞生大都是一次意外
无法选择各自的祖国

在老街地铁站里

我喜欢察言观色

老牌资本主义大都喜欢风衣

绅士一样彬彬有礼的样子

真理是黑暗中的灯光

照亮站台的同时,又被赶路者的脚步

踩碎一地

2017 年 12 月 13 日　英国伦敦

伦敦桥

走在伦敦桥上，我的脑海里
浮现狄更斯笔下的雾都孤儿
逃窜于屋顶上的画面
圈地运动过去二百多年了
资本积累变成坚硬的石砖
留在泰晤士河的两岸

我怀疑人类来自遥远的星系
和猴子没有任何关系
在平行空间里，我们不过是
还原另一个世界的场景
任何一座教堂的尖顶
都在指向返乡的方向，只是人类
早已蜕变成迷途的羔羊

工业革命豢养出大量的新贵
很像今天的某些成功人士
穷尽一切办法，追求高额利润
内心越来越空落
却要表现得冠冕堂皇
当爱情沦为货币的兑付

不忍拆穿谎言,一直怀念
那个叫简的英国姑娘

伦敦桥不过是戏剧中的一个桥段
历史用它转折两个时代
一个是静止不变的田园,另一个是
脚下激进的文明
人们都是群众演员,演着演着
很多人已脱不下戏服,直至
自己演丢了自己

2017年12月15日　英国伦敦

万有引力定律

传说牛顿是在他姐姐的院子里
被苹果砸中了脑袋
三一学院则把这个故事
移植到学院的绿草坪上
上面确实长着一棵枝繁叶茂的苹果树

月亮之所以不掉在地上
是有一种力一直拉着它
苹果全部掉在地上
是它们都是无依无靠的孤儿
倘若有一种力,拉着它们飞向相反的方向
空中飘满果实

资产阶级不会掉到无产者的怀里
西半球不会滚向东半球
诗人拜伦无法修复自己的瘸腿
被一种力牵制成既定的格局
让可能性变成不可能
百思不得其解的难题
全都小于一个苹果

当真理已被发现

人类不再浪费脑筋

学院外的剑河岸上

晃动着几个会说中文的英俊青年

他们并不关心苹果

一只手撑篙，另一只手热情地招揽游客

坐在游船的中间

2017 年 12 月 18 日　英国剑桥

圣诞快乐

双层巴士停靠站台时
商业街的路灯全都亮了,亮成千树万树梨花开
橱窗里陈列的礼品被一张张精美的包装纸
包裹成鲜艳欲滴的果实

一年又要过去了
忽然想安静地坐进咖啡店
修复肌肤上的刮痕,梳理并逾越心中的坎
活到中年,每个人都有不想言说的疼痛
与生死相比,又那么微不足道
像合上一本不再阅读的旧杂志
随手丢在风中

在哈罗德百货公司的顶层
忽然闪出三个装扮成天使的店员
给孩子们派发圣诞礼物
一个晚上,我徜徉在骑士桥上
渴望遇见白胡子的圣诞老人
看看他给一个东方人,带来
什么礼物

2017 年 12 月 19 日　英国伦敦

英式下午茶

我不知道从什么时候开始

把午后的喝茶休息,叫作英式下午茶

穿过海德公园

没有听见任何政治性演讲

更不见跳跃的鹿群

雨后的草地上,遗落着一把红色的雨伞

坐在里程碑酒店的大堂里

一层层的圆形托盘上

摆放着各式各样精心烘焙的点心

很像供人欣赏的艺术品

衣装笔挺的侍者

不断往花式茶壶里添水

每次,我都要礼貌地点头致意

始终挺直腰身,把自己

装扮成现代文明的绅士

不能让带我前来的女儿,察觉到我

骨子里的厌倦

我知道自己是一个自然之子

配不上这体面的场合

伪装一时，却不能忍耐永久

贵族生活像是一副面具

逼使人类沦为演员

我羡慕落地窗外的肯辛顿花园里

迎风招展的青草，暮色中

任意飞行的乌鸦

2017年12月21日　英国伦敦

再见

正午过后
不再有送快递的人敲门
写字楼里的人们早已四下散开
我洗净抹布,擦拭每个角落的灰尘
重新坐在椅子上时
深冬的阳光已悄悄地滑过桌面

一年就要过去了
多想下一场铺天盖地的雪
把大地染成一张辽阔的白纸
我要重写心中的字
而今天与平常并无不同
辞旧迎新,不过是光阴送别光阴
自己再见自己

我是一个异想天开的人
突然期待来自远方的一封信
在疏于问候的当下
即便信笺上没有一个字
依然欣喜若狂
折叠处必将隐现久违的指纹

光阴使我们长大

又让我们变老

它的无情大过人世间所有的伤害

无奈于生命的无奈

置放于窗台上的杯子

最终退隐于黑暗里

往事只是一个倒影

我开始嘲笑自己

一直努力做一个好人

台词有时瞬间转向反面

在人生的舞台上

依旧演好自己的角色

将善意进行到底

太阳照常升起

继续照亮明天的山河

在抽屉深处找出生锈的指甲刀

我要剪掉多余的指甲

让自己变得更干净

起身打开窗子

地平线

新鲜的空气吹动悬空的吊灯
光在跳跃,抚平既往的悲喜
我确信自己还有无数个明天
然后撕掉最后一张日历
看都不再看
扬手丢向清冽的风中

2017 年 12 月 29 日

长椅上

和其他人一样
我躺在游泳池边的长椅上
看暖风掠过丛林
先是一只海鸥飞起
然后一朵紫色的花
说开就开了

花开的时候
山海关以北
正下着鹅毛大雪
城市的公交汽车蜿蜒前行
等车的人顾不上拍落肩上的雪花
故国的雪花不是一朵朵地开
满天都在开

我想起某年冬天
坐在绿皮火车紧靠车窗的位置
用手指擦掉玻璃上的灰尘
看天地之间的雪
覆盖所有的道路
火车一路上拉响汽笛

地平线

停下来的时候

我却睡着了

在熟睡的时间里

故乡变成异乡

擦肩即是错过

大雪是越来越远的旧事

一朵朵雪花无处落下

只能在心里结冰

然后融化

被海边少年的尖叫声惊醒

我看见泳池里有人正在练习仰泳

手臂甩出的水滴

穿过午后的阳光

落在我的脸上

2018年1月19日　海南三亚

晨曦

曙光从云缝中渗透出来
先是照亮眼前的海
再照亮深处的岛屿
舢板漂浮，恰若茶杯里的茶梗
不甘沉没

海底万物生长
也有悲欢离合
否则沙滩上每天不会有遗落的贝壳
一只小螃蟹左冲右突
迷失于返乡的路上
无法猜测去路
最终都会输给大海

大海是永存的
像背后连绵的山峦
它们抵御风暴
对抗消逝的时间
我们自诩是大地的主人
往往无可奈何
每个人的生命都短于沙滩上的

每一粒细沙

阳光染亮海水
大海变成一面镜子
我想把它竖起来
仔细辨认自己
忽然身后跑过几个稚童
其中有人笑出声来

      2018 年 1 月 20 日 海南三亚

北风吹

手指被冻得失去知觉
揣进怀里的瞬间
尖刀一样锋利，划破
自己的肌肤

我不喜欢温水
要么凉，要么热
浇灭心底的欲望
或者泡开铁壶中的老茶

北风吹来
我的头发立起，像马背上的鬃毛
挂满半生的白霜
骏马仰天嘶鸣
在白皑皑的雪原上
把自己跑成一道
红色的闪电

寒冷穿透肉身
逼走所有堂皇的借口
面对北风，如同面对镜子

地平线

照出不想辨识的另一面

他是何等卑微

甚至不如屋檐上的残雪

人生不过是一次远行

一旦出行，无须重拾归途

像凛冽的北风

任性地吹

直到吹出隐藏的泥土

门灯早已熄灭

曙光却照亮前程

在凛冽的北风中，我越走越快

手指变成火柴

擦亮坚硬的骨头，迸溅出一朵朵

炙热的火花

2018年2月7日　北京

黄鹤楼下

登黄鹤楼

一层层攀缘而上

直至触碰空悠悠的白云

长江蜿蜒穿行

千百个楼宇遮蔽碧空下的孤帆

公交汽车缓行于桥梁之上

依旧那么慢

故地重游

我的鞋底早已沾满一地的泥土

多想抖落尘埃

重新变成不谙世事的孩童

或者一只翻飞的麻雀

离别是短暂的不见

有时却是一生的永诀

李白送别他的兄弟

烟花三月,不过是去了扬州

而现在的离别往往消失于

茫茫的人海

坐在揽虹亭的木椅上

看庭院的梅花

一簇簇地闪耀生命的火焰

春风摇晃风铃

叮当响的脆声里，一只静卧的猫

忽然站起身来

       2018 年 3 月 28 日 湖北武汉

遇见

并不是所有相遇都会停下脚步
在行走中,我们与千万人擦肩而过
人们长着相似的面容
像一只麻雀,遇见一群麻雀
无法看清彼此的眼神

除非一场深入内心的感动
血脉偾张,让头顶的发丝倒立起来
心跳是生命的鼓点
我们却越来越不相信手中的木槌
在自己激励自己的光阴里
怀疑不断敲错节拍

我厌恶穿貂皮大衣的人
用生灵的命,装扮自己
我赞美朴素,开满山岗的格桑花
每一朵是那么灿烂

遇见是百年修来的福报
可遇而不可求,一旦变成生命的一部分
必是一生的痛

地平线

我还没到老年,无法揣度真正的怀念
一路前行的时间里
不会轻易驻足

我把相遇视作最美好的事情
比如遇见雨后的彩虹
横跨天边,而一生的雨中
风不断吹残树上的嫩叶
脚下已是满地的落英

更多的相遇是在镜中遇见自己
人到中年,渴望遇见少年的自己
鬓角早已泛白
像初夏时节,突然遇见
纷纷扬扬的雪

2018年5月18日　吉林长春

龙头戏台

在龙头村戏台的下面
我和一群头发花白的老人坐在一起
听传遍沁水的两岸
一声高一声低的秧歌小调
舞台上的婆姨们穿着大红大绿的戏服
脸上绽放喜庆的花朵
每一次舞动长袖的妩媚转身
特别美,特别浪

穿行于都市的楼宇之间
习惯各式各样的彬彬有礼
无法像身旁的村民一样,挽着裤脚抽着旱烟
每个人挨得那么近
开心大笑
从不在意露出残缺的牙齿

一个顽童忽然跑来
脏兮兮的肩头扛着细长的木杆
顶端是一个网兜
他让我想起童年的自己
那时我和他一样脏

地平线

经常立于田野之上,伸出手指
等待蜻蜓落下来

我们一直都在返乡的路上
却离故乡越来越远
多想席地而坐
吃上一碗莜面栲栳栳
说上一口地道的晋语方言
忘却前世今生
安心做一个幸福的乡民

而宿命催着赶路
沁水静流,比风还轻的波浪
裹挟千年的泥土
泥土养育漫山遍野的谷子
谷穗里孕育无数粒小米
它们比阳光亮
比金子黄

2018 年 7 月 21 日　山西沁源

萩市海岸

清晨的阳光穿透废弃的修理车间
照亮空地上一堆旧螺丝,金属的反光
搅乱不远处的海面
到处奔跑着光亮

异乡难以入眠
早起漫步,我推开寺院虚掩的门
乌鸦迅即飞走
带走残夜的黑暗
而心里的黑暗是轻易带不走的
便利店门前寂寞的老者
一直静坐,抽着自己的烟

忽然想起寄养在犬舍的狗
像是被剥夺自由的囚徒
即便咬断绳索,铁栅栏之外
依旧耸立着围墙
围墙上面,画着一幅幅
美好的图案

路上没有遇见早起的人

地平线

直至穿过北古萩町倾斜的树林
我看见一个陌生的红衣女子
一动不动,坐在海滩上眺望大海

顺势坐在远处的长椅上
我也想看看海面上漂浮的一切
其实除了光,什么都没有
没有帆影,没有海鸥
甚至没有翻卷的波浪

2018年8月13日　日本萩市

松下村塾

幽暗的草席上,盘腿坐着一群年轻人
个个都愿舍生取义
冷风呼啸的年代,他们把自己的筋骨烤成炭火
点燃熊熊烈火

我坐在他们坐过的地方
盛夏的炙热顺着发丝滴下汗珠
滚落齿间,像海水一样咸
真想变成维新群体的一员
改造江山

祖国是多么美好的词
祖祖辈辈都在爱着
爱得死去活来,爱得忘掉自我
甚至付出生命
我手无缚鸡之力
内心激荡满腔情感

在时间的长河中
所有人都会倒下,倒下后
个别人流芳百世,变成纪念碑

地平线

和石头一样坚硬无比
也会有个别人遭到唾弃
遗臭万年

     2018年8月13日 日本山口

城岛高原

一棵青草掩藏另一棵青草,一片草地
连接另一片草地,一座山的草叶
辉映另一座山的草叶

一朵白云追逐另一朵白云,一道溪流
交汇另一道溪流
一条公路蜿蜒向上,直至翻越
葱翠的山岗

汤布院的石砖布满青苔
长椅裸露千年的木纹
双手合十,我听见风穿过庭院
吹灭高悬的烛火,有人开始
静候漫天的白雪

一只猫趴在外廊地板上假寐
偶尔轻舔自己的前爪,像是愈合
现世的伤口,又像是不染今生的灰尘
盛开的花正在逐一败落
很像无奈的人生

地平线

夜雨突降,寂寥的小街上
一位母亲手牵两个幼子赶路
他们没有对话,只是越走越快
越走越远

2018年8月16日　日本别府

中元节

晨光熹微,街巷寂静
薄雾漫过群山
稻田里的茎叶折射灿烂的磷光
像是昨夜走散的星星
再也回不到天上

中元节临近,寺院里白色的蜡烛
在悬空的铁架上
摇曳跳动的火苗
翻扣在水池上的铝碗
滴落祭奠的泪水

直到走过坡地
脑海里依然浮现缅怀的面孔
比如祖母和外祖母
以及所有故去的血脉相连的亲人
还有失联已久的人
当年歃血结盟,却越走越远
各自消逝于拥挤的人间

忽然我想追忆从前的自己

地平线

那时一头黑发

额头没有皱纹

眼睛不比现在大

却看得很远

2018 年 8 月 16 日　日本别府

早餐时间

早餐时间，电视里滚动着全球各地的新闻
其实我已很久不看电视
只想听听天气预报
决定自己是否出门，是否带伞
如何躲开每一场雨

浪掷太多的光阴
剩下的时光已经越来越短
屈指可数，惊出一身冷汗
我要减持好奇心
预备各种冠冕堂皇的借口
随时拒绝任何人

花费前半生的时间修筑生命的另一个维度
虽然置身尘世，却活在另一个空间
我要珍惜余下的光阴
不再挥霍内心的善意
宁可熟悉变成陌生，直至
视而不见

      2018 年 9 月 13 日 上海——北京的高铁上

海边午睡

光天化日之下,我睡着了
而且是在阳光最为耀眼的时候

阳光照亮屋脊
蜻蜓抖动翅膀
植物们裸露着最后的筋骨

我的双臂已成酱色
脸庞散落隐藏的黑斑
趁着阳光,曾想把胸口
晒成健康的肤色
无法做到,秋风已起
寒意逼迫我穿上长袖衬衣

我的内心曾装满山河
它们一点点凋敝
只剩下一小块碣石
残留在胆囊里
空谈和谎言的时间
我选择与狗为伴

午睡或许也是一种颠倒黑白
把白睡成黑
黑暗中,阳光悄悄移出脚面
落叶一样的船
消失于海平面

2018 年 10 月 3 日　河北北戴河

稻佐山上

放下背包,双肩顿感轻松
指间穿越奔走的风
风能吹散世间的万物
包括陡峭的岩石
夜色中似锦的灯海

怀揣憧憬,执迷前行
站在高处俯瞰来时的路
石板零落一地
迎风而立,风轻易吹凉炙热的胸膛
只剩下身体的空壳
欲望让我们有着比天大的胃口
以为能装下山河
仅仅残留几粒大地的稻谷

江湖不过是名利场
昼夜兼程,策马狂奔
永远抵达不了地平线
爱情也许是一瞬间
即便肩头文上绽放的玫瑰花
永远没有芳香,肌肤隐藏着不可言说的污渍

并不想戳破谎言

在这浩渺的人间

每个人都要有活下去的勇气

余生开始变短

无须争论对错

缆车的窗子里映入硕大的圆月

明天的天空又会是水洗过一样的干净

扶栏远望,忽然想对自己说

要善待千疮百孔的自己

宽恕自己,然后忽略

所有的对不起

2018年11月25日　日本长崎

多年以后

我想起童年藏在烟囱下的信

写给二十一世纪的自己

远离故乡的日子

老宅被悄然拆迁,无人注意到

裹在灰土中的信封

它们消散于往昔的风中

邻家安静如猫的女孩

干净得像一幅画

傍晚总在小街上相遇

慌乱躲闪,却从来没说过话

故乡成为异乡,熟悉的长辈越来越少

记忆中的城市

只剩下几个老地名

额头上的皱纹里深藏的秘密

每一个都能写成悲喜交加的剧本

偶尔穿插无奈与荒诞

无法完美塑造自己

又不想做自己的观众

在沧桑之后,我原谅所有的错误

不再记恨欺骗和谎言

选择遗忘，像小时候用橡皮
擦掉方格本上全部的错字

我收养了一只土狗
它的依恋，让我随时回到童年
我怀疑它是谁的转世
否则不会让我如此牵心
毫不犹豫地把它当成走散的亲人
我长得越来越像善良的母亲
秉性越来越像耿直的父亲
过去是多么抵触
现在却引以为荣
我已习惯了独行和任性
不再委屈内心
做好随时与世界翻脸的准备

2018 年 12 月 25 日　上海——长沙的高铁上

香山脚下

我能清晰地看见香山顶上的香炉峰
残留的红叶是既往的一滴血
鲜红的,像拇指被针扎破
滴落在白纸上

无法判断山脚下的茶馆是否营业
窗子上曾经布满冰霜
走近端详,冰霜的背后
藏着一根细长的头发
像风雪中隐现的道路

光阴是一块块青砖
铺满几个朝代,先人们陆续走远
留下残砖碎瓦
后人们视而不见
继续垒砌自己的高墙

我还是最喜欢丛林中的卧佛寺
松柏苍翠,锦鲤满池
怀疑自己前世是一个出家人
不问江湖的世事,只在寺院里

安放柔软的心

许多人正在返乡的路上
我却把故乡弄丢了
真想向遇见的每一个人
恭贺新春,眼睛却忽然一酸
我的故乡越来越远
远得已经看不见

2019年2月3日　北京

在潭柘寺

在潭柘寺的正殿前
许多人都在许愿或者还愿
香炉里盛满灰白的香灰
裹挟多少期盼和祝福
以及爱与恨

双手合十
我的脑海却浮现祖母的笑容
她是这世界上
唯一没有对我横眉立目的人
在凛冽的严冬,祖母的突然闪现
让我瞬间忘记许愿的词

祖母走了很多年
我也由一个懵懂少年
在时间的戏弄中双鬓染上风霜
如果她还活着,一定会用双手
焐热我冻红的耳朵
抖落鬓角的白发

现在我越来越接近

祖母仙逝的年龄
自我愈合过无数次内心的伤痛
用盐腌制既往的时光
把它们当作下酒菜

而祖母是我无法逾越的怀念
或许来世我们终将重逢
她依旧慈眉善目
总是俯身梳理我凌乱的头发
系好衣襟上忘记系的纽扣
拍去裤脚上的尘土

2019年2月7日　北京

座间味岛

忽然想起座间味岛

飘摇在太平洋上的一小块陆地

白色沙滩搁浅着无数枚贝壳

仿佛是大海宽阔的墓场

一个生灵是一个灵魂

穿行于无数个灵魂中间,我没有听见

灵魂碰撞的声音

我的住处在那霸港口的旁边

随意翻看航船时刻表

便买了开往座间味岛的船票

很像突然爱上一个人,不假思索地

纵身一跃,甚至想以命相抵

却因贝壳划破脚掌的一点小伤

轻易放弃远行

沙滩上散落的贝壳

静卧于时光深处,蚕食着干净的细沙

涂改着炫目的阳光

貌似生来坚强

最终风化成白色的粉末

没有一个变成坚硬的石头

本想捡拾一些贝壳带走
用它们装点曾经美好的心愿
这种想法不堪一击
所有的演出总有剧终的时刻
一旦大幕落下
往事就是一枚枚贝壳
潮涨潮落中，悲喜怎么来
就会怎么去

2019 年 3 月 12 日　北京

春分

衲霞屏下的乌龟不见了
碧水里游弋的是一群色彩斑斓的锦鲤
除此之外，我没有看出
圆通禅寺的其他变化
焚香祭拜的人依旧不急不躁

但我不敢断定眼前的人群
就是当年遇见的那群人
人世间的悲欢离合是不同版本的小说
无论多么跌宕起伏
结尾只有一个
或者生，或者死

而春雨是永远不变的
在这万物复苏的时节
更是说下就下，落在石板上
青苔迅速掩盖大地的伤痕
落在樱树上，春樱却开始凋谢
先是一瓣一瓣地凋
后来是满树都在谢

2019 年 3 月 21 日　昆明—北京的飞机上

辰山茶园

行走无非是寻找人生的去处
在辰山脚下，一垄垄茶树的中间
散落着天上的飞石
它们静卧在与世隔绝的山谷里
从此不再远行

紫气东来，春风拂面
两只笨狗一直尾随在我们的身后
在瓦蓝色的天空下
一年四季厮守着萌生的嫩叶
嗅探茶树的秘密，它俩更像
茶园的主人

采茶机机械地舞动着硕大的白袋
让我想起童年时手持长杆
在田野上奔跑，用网兜
捕捉纷飞的蝴蝶
而现在，蝴蝶变成春天的嫩芽
深藏于记忆的深处

既往喝茶，只在意水的温度

和茶叶舒展的形状

今天往后，我会想到辰山耸立的雄姿

湍急溪水上的美丽花瓣

一尘不染的茶香，以及在茶香中

两只肆意穿行的笨狗

2019 年 4 月 17 日　福建武夷山

手机通信录

航班晚点的时间里
忽然想清理手机中的通信录
多年沉淀下来的电话号码
像摆放在仓房里的杂物
在时间蛛网的背后,落满
无声无息的灰尘

每一个电话号码
代表一个生龙活虎的人
他们一定与我有过某种关联
否则不会存储于我的手机里
而时间多么残酷
青春说远去就远去,陆续聚散的人影
有人已是过眼云烟
更多的事早已沉没记忆的湖底

翻阅电话号码
犹如阅读一部长篇小说
众多人物一个个地登场
演绎不同的命运
我只知道每个人与我交集的时刻

并不了解全部的悲喜

我们都是人生舞台的小演员

演着演着或许都泪流满面

努力追忆与每个人的初见

我想具体到相识的瞬间

我们有没有握手,或者只是礼貌地致意

那天是否妙语连珠

有没有人酩酊大醉

若是深冬,窗外下没下过

一场惊天动地的大雪

有的名字是一种痛

有的名字是一种怀念

有的名字是一种轻蔑

有的名字是一种感恩

有的名字是一种相忘于江湖

有的名字则是一生的刻骨铭心

现在大家很少互通电话

话筒里的真声消隐于无声的世界

文字留言覆盖大声喧哗

各种夸张的表情替代复杂的情感

我们越来越文明

彼此显得高不可攀

最终还是放弃清理通信录的念头

不想删除任何一个人,包括英年早逝的朋友

他们继续活在我的手机里

笑看波澜万丈的戏剧

或许在生命落幕时,我会向身边的人炫耀

我的一生有过很多朋友

很多人真心实意,个别人生死相依

不记得有过反目成仇

从来没有假戏真做

2019 年 5 月 28 日　昆明——北京的飞机上

南风古灶

古灶最下端的铁门
开启通往云端的通道
五百年来，无数人添加干柴
火焰持续炽烈
烧掉几个朝代，演绎一代代人的
生生死死

多少能工巧匠
耗尽一生无数个昼夜
塑造一件件绝伦的陶瓷
在浴火重生的蜕变里
让柔软的泥土拥有坚硬的灵魂
呈现惊世骇俗的美

我喜欢古灶的朴素
很像内敛的岭南人
默默劳作，不喜声张
每一阵南风吹过
汗水结晶，巧夺天工的一件件陶瓷
浑然天成

在一家新开张的店铺

我买走了一件敞口的花瓶

并不想放置任何花

只想把它当作念想

带往远方,藏在广袤的民间

像出走于明朝的书童

无人说得清去向

2019年6月23日　广东佛山

平砂食堂

和多年前一样，乌鸦栖身于枝丫之间
通往市中心的路上依旧行人稀少
暑假中的校园很像分娩后的少妇
静卧于炙热的阳光下
追忆曾经的似水年华

学生套餐的价格没有变化
免费酱汤里的豆腐细块，和光阴融为一体
散发着土地的清香
和当年一样，面向落地窗而坐
我想看清树梢上奔走的阳光
一闪而过骑单车的淡雅女生

每次在平砂食堂午餐
我都不急着离开，经常遇见国内的同学
彼此交换残缺的信息
一起猜测嬗变中的祖国
我们像岸上的鱼急于游回大海
遨游中再长出透明的翅膀

当年熟悉的面孔消失于时间之中

大家走得都那么快
沉没于生活的低处
或许有人也会故地重游
坐在同一个位置上发呆

夏天的雨说下就下
玻璃窗上迅速挂满水珠
很像青春的泪水
平砂食堂前
有四条不同去向的道路
每一条路通往不同的人生
而今天，只能原路返回
我已浪掷所有的本钱

2019年8月1日　日本筑波

图书馆前

水池里的喷泉折射出夏天的彩虹
用手就能触碰,而我已不是当年的我
只是远远一瞥,目光依旧停留在
杯沿儿的咖啡泡沫上
看气泡一个个破灭
图书馆的电动大门开了又合

四周暗红色的楼群
散落着各个学科的研究室
学生们像是朝九晚五的出勤者
不断推翻既定的观点,埋头致力于标新立异
理工科学生经常通宵达旦
他们靠数据说话,在科学的显微镜下
永远不会言过其实

我喜欢图书馆,坐在其中
一下子就能与世隔绝
现实有多少忧伤,就会烟消云散多少忧伤
随手翻阅各种专业资料
不断应对莫名其妙的作业
偶尔往脸上扣上一本杂书,假寐于沙发里

梦境中常常回到故国

地毯上听不见往来的足音
在狭长的书架之间,有时遇见学科教授
他们大都目不斜视
眼睛飘忽于书脊之间
有时能邂逅人文学部的女生
她们举止优雅,取书的瞬间
总是轻轻踮起自己的脚尖

新年来临前,我会制作一堆贺年卡
摊放在图书馆的写字台上
正面印着自己幸福模样的照片
背面亲笔手书冥思苦索的深情祝福
从不提及内心的迷茫与孤独
那些年在每封信的结尾处
总是特别笃定地写道:一切都好
无须惦念

2019 年 8 月 1 日　日本筑波

寅次郎

每次返回葛饰柴又
寅次郎都像一只受伤的麻雀
躲在窝巢之中
愈合自己的伤口
他的黄格西服盖在皮箱之上
遮蔽一路上的遇见

其实他的爱情都是一场场虚构
自以为是的美好
义无反顾的奔赴
不过是庭院里晚春的樱花
绽放即是凋谢

静坐在寅屋窗前
长久沉默之后
用手突然轻击自己的额头
低声骂自己傻瓜
最终嘴角轻扬
露出久违的笑容

在帝释天参道上

他总能返回内心
把过去变成风
一吹就远了
一远就没了

2019 年 8 月 2 日　日本东京

江之岛车站

站在商店的屋檐下

阳光正从缓行的车厢顶部

跳到铁轨上,像武士

抽出随身的宝刀

闪烁耀眼的光亮

在叮当叮当的警示声中

栏杆降下,拦截前行的人群

透过电车的连接缝隙

我看见一张张优雅的脸

被速度剪辑成一部久远的默片

我喜欢喧闹中的宁静

喜欢古朴中的笨拙

愿意花上时间,安静地看一位躬身慢行的老奶奶

缓缓走过街道,像读一本小说

把她当成主人公

曾经波澜万丈,拥有过刻骨铭心的爱情

依然是活得无声无息

人生终将只剩下自己

不需要眷恋簇拥和赞美

海水的涌来与退去，紫阳花的盛开与败落

青空中云朵的聚集与散开

都不及街猫的气定神闲

一旦眯起眼睛，迅即回到内心

自己就是全世界

2019 年 8 月 4 日　日本镰仓

青冈晚市

我说的晚市,是第一中学围墙外的
街边小集市,自家院子里的土豆
沾着黑色的泥土,浑圆、饱满
被围着红格方巾的大嫂摊在地上
她的脸上荡漾骄傲的笑容
每一个土豆像是亲生的孩子

夕阳起伏在远处的树梢之上
隐约听见啪的一声
落入翠绿的湿地,麻雀们便飞起来
叽叽喳喳地散落于屋脊上
天空的云朵由亮转暗
大地吹起凛冽的秋风

集市上并没有吆喝声
很像二十世纪八十年代的爱情
欲望深藏于内心的角落
目光移到相反的方向
一个苹果滚向一堆白菜
或者一只尖椒坠入一地萝卜
人世间的遇见和错过

大都是命中注定

学校教室里的灯一盏盏地亮了

让我想起自己的少年时代

曾幻想长大后做一个菜农

栽种各式各样的蔬菜

像外祖母那样，每到秋天

在宽大的窗台上

晾晒夏天的茄丝、豆角丝和萝卜丝

安静等待雪的落下

2019 年 9 月 21 日　黑龙江青冈

南半球

赤道是一条奇妙的线,往南一步
枫叶凋零的深秋迅即反转为
鲜花绽放的初夏,甚至还能
把阴郁反转为晴朗
逼仄反转为辽阔

生于北半球的我,终将
在北半球终老,南半球始终会是
全然陌生的世界
没有一盏灯为我而亮
更不会有人抖落风琴上的灰尘
按响黑白琴键

人生有多少个无法抵达的地方
就有多少个空白和无奈
可以从头再来是善意的谎言
赤道能够反转季节,却无法
把我们反转为少年

逾越赤道,最终还要退回赤道以北
南半球不过是一场意外的旅行

不过是美好的遇见

生命只有一次，无须重新上演

爱恨情仇

    2019 年 11 月 13 日　广州—澳大利亚珀斯的航班上

在珀斯铸币厂

为了攫取一块黄金
殖民者把脑袋别在腰带上
穿越浩瀚的死亡
不惜付出生命的代价
只为寻求最终做一个
耀武扬威的富人

黄金变成通行的货币
聚焦人类的欲望
围绕一块黄金,上演各种悲喜剧
豪夺和巧取,蒙骗和欺诈
黄金不是用来衡量价值的
像是索命的利器,终结
多少豪杰的性命

穿越时间
回到茹毛饮血的原始社会
用石尖划破土地
用石头击碎野兽的头颅
生来只是为了一顿饱饭
欲望大不过一块石头

今天，黄金早已超越金属属性

进化成人类的图腾

石头已被遗弃，甚至风化成

不见踪影的粉末

黄金依旧变不成果腹的食物，却能

让有些不爱变成爱

让有些黑变成白

2019 年 11 月 14 日　澳大利亚珀斯

尖峰石阵

置身于一片金色的沙石之间
像是远离了地球,全然是陌生的外星球
举目望去,一根根石柱
指向辽远的太空

我不相信这是自然界鬼斧神工的造化
分明是人类文明之前的另一种存在
即便消失了亿万年,石柱不曾倒下
为前一个文明不肯消亡的游魂
留下怀念的家园

烈日烘烤地表,沙砾间蒸腾着颤抖的光线
倘若有人被遗忘在尖峰石阵
或许熬不到下一个日出
人类用水分滋养生命,同时又滋养爱情
生命不堪一击,爱情的美好
大都是被美化的童话

在尖峰石阵
我再一次感受到自己的微不足道
哪里有沉重的肉身

无非是自己臆想的永恒

在不可知的世界里，大地不过是一抔土

我们不过是一捧灰

      2019 年 11 月 15 日 澳大利亚杰拉尔顿

罗特尼斯岛

我必须趴在地上
才能看清树冠下的矮袋鼠
它不胆怯,一双明亮的眼睛
从不移向别处
始终与我对视

很久没有对视过人类的眼睛
习惯于躲避彼此的直视
每个人都在隐藏秘密
总在不经意间,察觉到信誓旦旦的背后
竟是颠覆的背叛
貌似忠贞不渝的爱情剧本
写满讨价还价的台词

在罗特尼斯岛
到处都能遇见矮袋鼠
它们天真无邪,毫不设防
经常跑到我的面前,歪着头
看我一点点抽离
肉身中的心机

我想变成瓦加姆帕灯塔

为深海里遨游的鱼群导航

不再因迷失而沉睡海底

变成死寂的珊瑚

或者变成灯塔下站立的矮袋鼠

回到生命的原生态

热爱草叶，放弃皮毛以外

所有的东西

2019 年 11 月 19 日　澳大利亚珀斯

邦迪海滩

我喜欢海岸步道上遛狗的人
比如遇见的一个老者
他和他的狗走得很慢,仿佛
一个世纪过去了
依然没有走出我的视线
之后又遇见一群人和他们的狗
他们围拢欢谈
小狗们欢叫着嬉戏追逐

人犬的和谐,让我想到
驯化之初的一万年前
一万年前的沙滩应该也是白色的
落日坠入海面的鲜红
依然惹来生命的惊叹
或许是落单的野狼,无意混迹人群
把人类当成自己的主人

我更相信一切都是神的旨意
否则解释不了世界奇妙的构成
不曾想过与狗为伴,现在我成了一个遛狗人
有人问我看没看见享受日光浴的美女

把目光转向白色沙滩

我会越过人类,只看见几只狗跑向大海

湛蓝海水里,露出

一个个小脑袋

      2019 年 11 月 21 日　澳大利亚悉尼

蓝花楹开

从酒店背后的街上
我要步行一公里,才能到达
与合伙人会合的地点

本来急着赶路
却被整条街盛开的蓝花楹
羁绊住脚步,很像小时候背着书包上学
突然想起榆树上的鸟窝
迅速忘记上学这件事

多年来的投资银行工作
面对数不胜数的商务洽谈
这让人厌倦,就像厌倦
白色衬衫上不易察觉的油渍
此时,蓝花楹缀满每一棵树
和各式各样的老房子
构成憧憬的生活

我要说服各种各样的偏执
改变自我中心的坚持
解答质疑,抚慰焦虑

始终面露微笑

装作听不见诋毁

夜深人静时，独自转过身来

回溯酸楚的泪水

这条街很像余生的去处

飘忽于世界的一隅，适合隐姓埋名

我想开一家小店

把记忆中母亲做过的菜，整理成

手写的菜单，亲手烹制小菜

和陌生人嘘寒问暖

如果偶遇老友，不再提及过往

我只面向未来

2019年11月23日　澳大利亚悉尼

小土狗妮蔻

你把双爪搭在我的膝盖上

尾巴不停地摇摆,像天真的孩子

湿润的鼻尖温柔地触碰我的脸颊

清澈见底的眼睛里不含丝毫杂质

目光从不躲闪,溢满

死心塌地的信赖

我们萍水相逢

机缘让一个生命遇见另一个生命

直至不可分离

不是谁拯救了谁

谁给谁更多的幸福

生命生来是平等的

我从未把自己当成主人,也不想把你

豢养成一只唯命是从的狗

你迫使我早起,沐浴四季的曙光

在夕阳的余晖中分享风的喜悦与悲伤

有时一起奔跑在开阔的草地之上

你迅即找回自由的天性

我瞬间返回走失的童年

无论中间隔着多少密集的草丛
坚信彼此的守候，注定
今生不会走散

看着你活泼顽皮的样子
不敢想象未来的某一天
我们都会衰老
那时你不再能跳上窗台
目送我远行，我也不能健步如飞
陪你越过围栏和沟壑
我们安静地活着
谁都不能轻易离去，不让世间
再有无助的孤单

2019 年 12 月 13 日　北京

前官地村

十五年前，父亲凭借记忆模糊的地名

去了泰来县的前官地村

找到传说中的家谱

三年前，我也去了前官地村

在村南的荒地上

找见十几座被时间夷为平地的土坟

里面睡着我的先人

他们来自云南

只因为头上长着一块反骨

在冰天雪地的荒凉之地

做了朝廷二百年的囚徒

难以想象的屈辱

被押送的先祖从南到北

一步一步丈量广阔的河山

沦落为清朝的站人

今天，失散八十年的堂亲

终于相见，他们从前辈的口述里

获知我的祖父向东而去

直至音信全无

若不是前官地村的存在

此生不会重逢

像一群飞散的麻雀，各自栖息人间的屋脊

无声无息地活着

无声无息地死去

生命是多么奇特

一个朝代的囚禁

无法扼杀活着的信念

长夜终将过去

像我的家族，一旦打碎枷锁

不会再有任何的苟且

       2020年1月12日　北京

岳麓山下

从酒店的窗子望出去
眼前是湘江里的橘子洲头
越过江桥上璀璨的车灯
我的目光停在夜色里
若隐若现的岳麓山

不止一次徒步行走于山间
每次都从山脚下开始
我喜欢拾级而上,用脚掌紧扣石板
像胸腔紧贴着变幻的时代
一路上除了躲避地上的蚂蚁
还在追逐空中飘忽的
翠叶、飞鸟和云朵

早已淡忘登山时的心绪
得意或失落,欣喜或悲伤
唯有山间清透的风和错落的寺庙
长久地印在心底
离开前,我会坐在爱晚亭的长凳上
观看游人们一张张陌生的脸
每一张脸都长得与众不同

我与他们一度离得那么近

却是擦肩而过，最终

记不起彼此的容颜

未来的无限性能把任何人变成过客

何况本来就是过客的自己

除了山河，时间将荡涤所有的附属

甚至宋朝建造的岳麓书院

镌刻在围墙上历朝历代千古流传的名句

在光阴的洗刷中，越来越模糊

直至看都看不见

2020 年 1 月 16 日　湖南长沙

此时此刻

清空自己,并不能把自己彻底变成一张白纸
再浅的残留都是一种印记
必须用更浓的笔墨涂抹
改成另一种人生
善意与生俱来,是我最大的财富
我用它不断宽慰自己
和这个世界反复和解

骄傲是骨子里的钙质
用来抵抗危局和黑夜
命运是那么奇特,总在眷顾我
找到打开困境的钥匙
阳光说来就来,迅速照亮任何一个角落
让我的内心不存阴影
幸福于自己的平凡

此时此刻,我开始摆放碗筷
母亲正在灶台煮水
父亲准备下锅小年的饺子
多像小时候的场景
那时我梦想远走高飞

现在只想待在父母的身边，在他们的眼前
晃来晃去

有时觉得自己是一个棋手
从不复盘既往的败局
永远等待下一局的开始
不保证每一盘都是胜局
但一定下到最后
不期待完胜，喜欢小胜而退
既不为难人间
又能残局生辉

2020 年 1 月 17 日　海南海口

地平线

地球是圆的,说到底
根本不存在地平线
而人们依然把视野所及的最远处
称作地平线

地平线是人世间美好的依托
内心有多少悲苦,就有多少
走向地平线的冲动
苦难蔓延于生命的路上
地平线是挣脱现世的憧憬
即便遥不可及
人类情愿把它当成最美的童话

我相信这个童话
喜欢荒原上的地平线
一望无际的大地尽头
飘满疾走的云朵
天地相连,伸手摘下天上的星星
照亮身后所有的黑暗

走向地平线的时间里

我们将会遇见许多人

有肝胆相照的真心,有爱恨情仇的伤感

也有信誓旦旦的背叛

因为相信地平线的存在

甘愿忍辱负重

追求生命中珍贵的喜悦

一旦接近地平线

新的地平线早已悬浮于更远处

在终将抵达的信仰里

我们都会继续前行,浪掷一生的光阴

最后在地平线的前面

一个个悄悄倒下

2020年3月4日　北京

白纸

生来我有一张白纸
懵懂之间，用蜡笔涂走了
无忧无虑的童年
故乡的春天是短暂的
风还没有吹绿屋脊上的青草
丁香花就谢了，细碎的花瓣
落在松花江的堤岸上

我用铅笔继续涂鸦
画出两条通往远方的铁轨
穿越铁桥的瞬间，蒸汽火车发出长鸣
撕裂低垂的云朵
嗖的一下，少年长出胡须
怀揣锃亮的钢笔
从此远走他乡

橡皮擦不去钢笔的字迹
更改不了注定的远行
不知不觉中，头发丢失一路
无从找寻的青春
已经藏在镜后，端详镜中的自己

只能闭上眼睛

白纸已经没有留白
忽然觉得无从落笔
半生稍纵即逝，如同退潮的海水
沙滩上残留的贝壳
无法游回大海

有人提醒我，把白纸翻过来
可以继续信笔
画出更美的图画
而翻过来的白纸虽然空无一字
已不是一张真正的白纸
浸满另一面的笔迹

我可以自欺欺人
视而不见渗透的留痕
用彩笔美化污点
直至画出迎风招展的锦旗
生命是无奈的，纵有千百个不甘心
在光阴的轴心上
不再重新拥有一张白纸

2020年3月12日　北京

追风少年

从山坡上奔腾而来
一个个黑点,渐渐疾驰成一匹匹骏马
长长的鬃毛倒向身后
像是一往无前的追风少年
目光如炬,点燃
草原上全部的云朵

健硕的胸膛撞开凝固的空气
风迅速吹起来,掀动
草原之上的每一片草叶
大地,青草做成的鼓面
被无数只铁蹄踏响
迅即响彻激昂的鼓点
像浩瀚的大海闪现一道道
势不可当的排浪

来自历史深处的蒙古马
任何时候,都带着汗血和荣光
桀骜不驯,从来不曾跪倒
从来不曾屈服,身上残留的伤痕
永远掩藏在皮毛之下

从不发出一声呻吟

直至英勇倒下

每一匹蒙古马都有倔强的灵魂

不跻身舒适的马厩

更不乞食草料

祖祖辈辈忠实于草原天然的给予

生是草原的勇士

死是草原的尘埃

2020年4月6日　北京

在桂林洋海边

疫情的耽搁,父母无法按期返回北京
逾期滞留的时间里
深冬转为初夏,每一阵风吹过
贝壳风铃一直叮当作响
芭蕉悄悄挂满枝头

父亲心无旁骛
关注电视新闻和各地的天气预报
凡有亲人居住的城市
他都会关心得非常具体
比如刮没刮风
下没下雨

母亲不声不响
一直在宽大的平台上
侍弄各种素雅恬静的绿植
每天都会浇水
与每一朵悄然绽放的花朵
柔声细语地对话

离开前,父亲依旧是无牵无挂的样子

母亲却满脸的不舍

怜爱地端详每一朵花蕾

我宽慰母亲,雨水会落在平台之上

最后都能开出花来

母亲没有说话

一声轻叹,露珠从草木一秋的叶子上

滑落下来

      2020年5月10日母亲节　海南海口

新生的祝福

——给外孙女瑶瑶

产房的门没有打开
我已清晰听见你清脆的哭声
恍惚之间,仿佛回到当年
那天和今天一样
秋高气爽,天空水洗过般湛蓝
你的妈妈在啼哭声中
来到人间

新冠疫情的肆虐,携带各种坏消息
不断踩痛脆弱的神经
而你的降临是最大的喜事
像一只小喜鹊,带来一个个喜出望外的消息
凝望清澈明亮的眸子
把你紧紧抱在怀里
我要用余生为你隔绝世间所有的伤害

你让我意识到衰老
衰老让我变得慈祥
如果你的爸妈过于严厉

我会躲在他们身后

偷偷眨眼，暗示你

我给你零花钱，去买全世界

最漂亮的娃娃

等你懂事之后

我要告诉你，把自己活成一本美好的书

每一页都洒满阳光

最重要的是，你要永远爱我的女儿

你的妈妈

不必把我放在心上

我最终只是一个符号

相信等你到了我的年纪

必会儿孙满堂，偶尔说起我时

你会说：这个世界上

曾经有一个有趣的老头儿

一心一意地爱我

2020 年 8 月 28 日　北京

昆明漫步

通常的走法是,沿着盘龙江边的绿地
走上白云路的石桥
偶尔遇见一群流浪的花猫
经常见到几位下棋的老者
他们都不在意光阴,任凭寂寥的江水
带走阳光的全部璀璨

只需要憋一口气,或者做一次深呼吸
就能轻松跨过盘龙江
但我不会走得很快
扶栏凝望,想从静流的江水中
发现红土高原隐藏的所有秘密
为什么古往今来,一只鸟始终在树荫下翻飞
一朵云总是与天空走散

之后我会穿过江北农贸市场
在新鲜欲滴的蔬菜和瓜果之间
看人们用货币为一切标价
角落的笼子里关着几只鸭子
它们出奇地安静,没有任何挣扎
生命需要多少次轮回

不再做刀下鬼

最后我会穿过云南大学
穿过文艺青年出没的文林街
独坐莲华禅院,在一杯普洱茶的醇香里
看翠湖岸上的柳叶垂向水面
光阴是用来虚度的,任何人最终都将
倒在时间的路上
和一只蚂蚁没有不同,有多高大的骄傲
就有多广阔的悲伤

      2020 年 9 月 15 日 北京—昆明的飞机上

季子祠

据说,两千五百年前
季札教过孔子古琴
平定心绪,我努力想象
皎洁的月光之下
一个吴国人,一个鲁国人
抚琴咏叹覆盖苍天的曲调
弹拨春秋战国的思想

季札或许是远近闻名的乐师
这并不令我惊讶,我敬佩的是
他再三礼让权位
退隐于山水之间
把躬耕劳作当作现世的修行
把自己活成自己

他墓前挂剑的瞬间
兑现心中的承诺
无疑是千百年来值得赞美的义举
在诚信缺失的当下,季札孤悬旷野的剑
划破多少信誓旦旦的谎言

在季子祠，一只小土狗
游荡于寂寥的庭院，活得悄无声息
淡泊无为的样子
小土狗矮过人们的膝盖，却高于
秋风中泛黄的枯草

2020 年 9 月 25 日　江苏江阴

德音咖啡馆

咖啡调剂师的手臂轻轻抬起
热水从细长的咖啡壶里流出
咖啡的香气瞬间溢满整个秋天
此刻的长春还没有下雪
落叶浸染霜寒,清晰呈现
由生到灭的叶脉

安静下来,像一颗烘焙过的咖啡豆
忘却曾经的茂盛与迁徙
在硕大的落地窗前
看瓦蓝色的天空中悬浮着盛夏的白云
云朵走得缓慢,季节的更替
终将下起铺天盖地的雪

我想坐在最里侧的位置
翻看既往忽略的小说,看看虚构的人物
怎样过完自己的一生
他们是否在跌宕里始终一脸阳光
任性中弥漫善意,宽容中深埋谎言
然后把咖啡喝得一滴不剩,露出
咖啡杯底部的清白

或许在德音咖啡馆

我还能遇见青春时代的自己

那时的自己憧憬未来，却不知道未来是什么样

现在的自己置身于未来之中

依然描绘不出未来

不想纠结于生命的疑问，我会邀请咖啡师

精心调制一杯手冲咖啡

静放在光阴的圆桌上

2020年10月24日　吉林长春